ゴミ探訪

Waste

目次

塵溜

川路柳虹

隣の家の穀倉の裏手に
臭い塵溜《はきだめ》が蒸されたにほひ、
塵溜《はきだめ》のうちのわな〳〵
いろいろの芥《ごもく》のくさみ、
梅雨晴れの夕をながれ
漂つて、空はかつかと爛れてる。

塵溜《はきだめ》のうちには動く稲の虫、
浮蛾の卵、また土を食む蚯蚓らが
頭を擡げ、徳利壜の虧片《かけら》や
紙のきれはしが腐れ蒸されて、
小い蚊は喚きながらに飛んでゆく。

そこにも絶えぬ憂苦《くるしみ》の世界があつて、
呻くもの、死するもの秒刻に
かぎり知られぬ生命の苦悶を現じ、
闘つてゆく悲哀《かなしみ》がさもあるらしく。
をり〳〵は悪《を》臭《しう》にまじる虫螻が
種々のをたけび、泣声もきかれうる。

その泣声はしかすがに強い力で
重い空気を顫はして、聴てまた、
暗くなる夕の底に消え沈む。――
惨しい『運命』はたゞ悲しげに
いく日いく夜もこゝにきて、
手辛くおそふ。――塵溜《はきだめ》の
重い悲みをうつたへて
蚊はむらがつてまた喚く。

ウッチャリ拾い

幸田露伴（露伴迂人）

世間には随分いろいろな商売がある。其の中でもウッチャリ拾い位おかしみのある商売はまあ沢山はあるまい。又世間には随分さまざまな事業もある。が其の中でもウッチャリ拾い位豪気な事業はあるまい。と云ってもウッチャリ拾いの何たるを知らない人には一寸分るまいが、一ト度実際にウッチャリ拾い先生の其の神聖な労働を仕て居るところを眼にしたならば、如何なる人でも、アアウッチャリ拾いなる哉と歎ぜざるを得まい。予の知り人なる七山生の如きも、今日はじめて予の指さした方向に眼を着けて、而《そ》して所謂ウッチャリ拾い先生を見て、アアウッチャリ拾いなる哉と歎じたのである。

我等が乗って居る小舟は今潮の頭に乗って大川口に向って帰って来るのである。丁度夏の初の日の光は、人をして直接《じか》に其の皮膚に受取るにはやや熱過ぎるを感ぜしむるほど鮮麗に且つ爽快に輝いて居る午後三時半頃である。併し眉庇の出た帽子を被って此の生気の強い――山の頭から海の底までの万物を生育せしめようという初夏の正直で而《そ》して雄壮なような日光に曝されながら、小舟の胴の間の梁に片肘を靠せて、毫末も我意の無いグタリとした姿勢になって両脚を前へ投げ出し、背中を船舷に寄せて、悠々として四方を見渡しつつ、時運の流行して景物の日に新に、昨日に今日は雲の様子も水の色もいよいよ夏めいて来て、やがて「川スゲ」の細葉の青きに徐と吹く風もゆかしいような景色になって来ようという趣きの見えて居るのを味わうというのは、何とも云えない好い心持である。

予の対い側には七山生が矢張り予と同じような姿勢をして、同じように舷《こべり》に寄り掛かりながら同じように胴梁に片肘持たせて居る。異なるところはただ其の肘の右と左との点のみで、冠り物も服装もおおよそ似て居るのである。見て居る景色も同じである、感想も大概似たものであろう。彼も矢張り初夏の此の晴れ渡った日の、快い空気と快い日光と快い気候との間に抱かれて居るので、母の温い懐に抱かれた罪の無い赤子のような気になって、今日の朝からの舟遊びに満足し切って而もかく穏やかに帰路に就きつつあるのを悦んで居るのであろう。

上ゲ潮の潮頭《しおさき》に乗って帰って来て居るのであるから潮はまだ一向殖えては居ない。ふり反って見ると沖の方は軽い南風が吹いて居るので、安房上総の山々がボンヤリと薄青く見えて居るばかり、一体にボーッと霞んで、ただもう平和と安寧とが、上は半透明的の青い美しい空から下は紺に近い程濃い青色の熨したように平らかな海までの間を塡め尽して居て、自分等の乗って居る船の帆さえダルイような此の景色に相応すべくダラケ切って居るのみか、時にはそれどころの段では無い、ややもすると全くブラリとなって仕舞って、船頭等の言葉に「オマンダラ」という垂れた旛のような形になり勝であるから、幸に潮が背後《うしろ》から推すから宜いようなものの、然もなければ船は後へと戻りそうな位の勢である。

「意久地の無い風だナ。艪で推した方が増なくらいなもんだ。」

若い船頭は斯様独語《こうつぶや》いたが、矢張煙管を手から放しは仕無いでプカァリプカァリと煙を吹きつつ、立ちそうにも仕無いのは、先生も其の帆と同様ダラケ切って居るのであろう。実際此様な長閑な快い睡いような日に、誰が小怜悧らしく酔興に働いて、エッサエッサと艪を推すのを好む者があろう。客に叱られぬ限りは、舵柄をチョイチョイ動かす位の事で勤務《つとめ》の方は御免蒙って、大胡坐啣え煙管で坐り込んで居る方が何程《いくら》宜いか知れたものでは無いのであるもの。

「マア宜いやな、打棄って置いたって潮が送って呉れるのだもの、風だっても少し経ちゃあ出て来ようはネ。」

遅牛も淀、速牛も淀、何様せ一日潰して遊んで居る日曜の事だから、船頭に骨惜みをさせたって腹の立つ事も無いと、悟りを開いて居る訳では無いが、此方も宜い心持にダラリと仕て居るのだから、他人《ひと》も矢張然様《そう》だろうと思って予は前のように云ったのである。そして船頭の居る舳の方を見た次《つい》にずっと見渡すと、直鼻の先の芝から愛宕高輪品川鮫洲大森羽田の方まで、陸地の段々に薄くなって行って終に水天の間に消える芝居の書割とでも云おうか又パノラマとでも云おうか何とも云いようの無い自然の画《え》が、今日は取分け色工合好く現れて、毎々の事ではあるが、人をして「平凡の妙」は到る処に在るものであるということを強く感ぜしめるのである。で、思わず知らずに又洲崎の方を見ると、近い洲崎の遊郭の青楼の屋根などの異様な形をしたのが、霞んだ海面の彼方に草紙の画《え》の龍宮城かなんぞのように見えて、それから右手へ続いて飛び飛びに元八幡《はちまん》の森だの痴気の稲荷の森だの、ずっと東の端《はて》に浮田長島の方の陸地が、まるで中途で断《き》れでも仕て居るように点々断続して見え渡るさまは、天の橋立の景色を夢にでも見るようである。が、東京百幾万の人間の中で海へ遊びに出る事を知らずに、塵埃《ほこり》の中で鼻うごめかして怜悧《りこう》がって居る人達は、全く斯様いう好い景色の有る事を知らぬばかりか、有ると云っても真《ほんと》に仕無いのである。ただ少数の人々は之を知って居るが、知り切って居るので却てまた珍らしいともせず、何とも思わずに居るのである。予も知り切って居る方であるから今更らしく褒むるでも無いが、余り天気も好し何も彼も好いので、三拍子四拍子揃った此の嘉日の佳景に対しては、

「何様だ七山君、好いじゃあ無いか。」

と云わずには居られなかった。七山生は予のように此辺《ここら》の景色を知り切って居るのでは無い。しかし自然を愛することは予にも超えて居るのであるから、

「何様も実に好うございます。東京のつい鼻の先に斯様いう景色が有って、斯様いう美しい感じを与えて呉れようとは思って居なかったのです。」

と云って、そして又惚れ惚れと四囲を見て居た。

船は遅々としながらも今や川洲の側に沿うて段々と月島近く進んで来た。東京近の海は非常に洲が多い、いや澪筋を除いては悉く洲だと云っても可い程なのだ。東へ寄っては三枚洲出洲相の洲、西へ寄っては天王洲というように、洲だらけなのであるが、川洲というのは隅田川の吐出しの洲であるから其の名を得たのでもあろうか、一番川口近で、そして水の流れに沿うて長手に出来て居る洲なのである。船はポツーリポツーリと稀疎《まばら》に立って居る澪標《みよぐい》が示して居るところの澪の中を今のろのろと遡って居る。目近へ来た澪標《みよぐい》の上には、お定まりの海鷗が止まって居て白く見えると、又其の傍を飛ぶのもあり、猫のような声を出して鳴くのもあって、是も又海の長閑さの景を増す道具の一つになって居る。

潮がまだ余計差さぬので、洲の極々高い処は少しばかり背上《せなか》を見せて居る。其処から殆ど平坦《たいら》歟と思われるほどの緩い傾斜を為して洲は水に没して居る。さて其の水に没して居る部の最極端線に澪標《みよぐい》の列は在るのであって、標《くい》から此方は急《にわか》に深い——即ち澪通りなのである。で船は云うまでも無く澪通りを進んで居るのであるが、予が偶然《ふと》見ると、洲の見《あら》われ居る部分と澪標との間の、丁度水の深さが膝膕《ひかがみ》に少し足らぬ位のところに、例のウッチャリ拾い先生が例の神聖なる労働を仕て居るのを見出した。そこで多分此のウッチャリ拾い先生の如何なる事をするものだという事をも知るまいと思わるる七山生をして先生の随喜讃歎者たらしむべく、予は七山生に先生の偉大なる事業を為し居らるるところを指さし示した。

七山生は眼を張って見たが、ただ見る一表の人物、乞丐児《こじき》の如く狂人《きちがい》の如く、精力未だ尽きざる俊寛の如く、過って蝦蟇を遺失《おと》したる蝦蟇仙人の如く、范雎《はんすい》恨を含んで厠を逃れ出でたるも如是やと思わるるばかりの、又愍然《あわれ》に又汚穢く、又ミジメに又悪辣なる気味ある様子をして水の中で何事か仕て居るので、七山生には合点が行かばこそ、

「あれは何です。」

と先ず問を発して、而《そ》して猶自ら眼を凝らして見詰めた。

上は色も正体も分らぬようになった、海苔を束ねたとでも云いたいドンザを着て、下部《した》は同じく襤褸の半股引一つ限り、リボンも何も無くなって仕舞った、鉢の開いた、孔の明いたお釜帽子の汚いの上から、煮〆めたような手拭を帽子の飛ばぬ為の用意でもあるかスットコ冠りに冠って、俗に「バイスケ」という石炭担ぎの使う笊籬《ざる》のようなものを手にし、身後《うしろ》には物を容るるための箱様のものを半沈半浮《なかららうき》に従え、そして洲の中《うち》でも清潔《きれい》な砂の寄るところでは無い、泥淤に交って汚い汚い塵芥《ごみ》や瓦礫や、へたくた種々《いろいろ》の物の流れつく地勢のところを、汚い水をジョボジョボと音させて歩きながら、此処ぞと思うところ――即ち何や彼やの流れ着いて居るところ、畢竟《つまり》猫の屍骸の日を経て沈ったのや、骸骨になりかかった狗の頭や、茶碗や徳利の欠け損じたのや、歯の折れた馬爪の櫛の反りくりかえったのや、首が抜けて片脚折れて居る挿頭や、金具と袋と離れ離れになりかかった蝦蟇口や、睾丸《きんたま》火鉢の砕片《こわれ》や、口の無い土瓶や、ブリキの便器や、多分は何かの穢物《けがれ》なるべき正体の得知れぬ油紙包みや、

革がブヨブヨに水膨れになった雪駄や、其他何ということ無く種々様々の物が或は上を流れて来て此処に沈み、或は中、或は底を流れて来て此処に止《とど》まって居ようというところを考えて、其処へ彼のバイスケ的のものを突込んで、掬い上げ得れば、劈頭《いきなり》掬い上げるし、重い物などが多ければ猪八戒が持ちそうな馬耙で掻き込んで置いて扨掬い上げて、ガザボチャ、ブタヂタと濁波臭浪をしたたかに起しながら水の中で泥土を淘り漉しながら、拾い取って多少銭《なにがし》かになりそうな物は、何様な汚いものでも下らないものでも、それこそ真鍮の鈕釦一つでも歯刷子《チースブラシ》の古いのでも、何かに又用い路の有ると認められるものである以上は去り嫌無く皆拾い取るのである。これがウッチャリ拾いの職業で、其の神聖なる労働は、空しく海中に棄《すた》って仕舞うべきものを取り上げて、復《ふた》び人間の用に供するのである。天の力、他の力、意の力、智の力、技術の力、筋肉の力、此等の尊ぶべき力より生じたものが無茶苦茶に棄てられて仕舞おうとするのを、ドッコイと半途で喰い留めて復人間《またひと》の世のものにするのは、物質と非物質との差違《ちがい》こそあれ、可惜尊い魂魄《たましい》を懐きながら地獄の搗臼の屑になって仕舞おうとする凡夫を愍んで、大慈大悲の本願から聖賢権者が泣いたり笑ったり泥塗れ砂塗れになって其を喰い止め拾い取って、ドッコイ地獄へは遣るまい、本土へ帰れ帰れと、大骨折をなさるのと酷《よ》く肖て居るのである。こういうわけでウッチャリ拾いの称《となえ》は、人の打棄ったものを拾うから起った称《となえ》なのである。百幾万の人が打棄ったものの自然に流れ着くべきところを考えて、これを拾い上ぐるというがウッチャリ拾い先生の本願なのである。

「あれはウッチャリ拾いさ。」

と云ったのを初頭《はじめ》にして、大体の話を仕《し》て七山生に聞かせると、七山生は少からず好奇心を動かして、舟と水とで無ければ、古の人が蟬を取るものに道を問うたり、瀧川を泳ぐものに教を受けたりした例《ためし》に倣って、ウッチャリ拾い先生に近づき接して其の「ウッチャリ拾い哲学」を聞こうとするようの念を起したようにも見えた。

船は遅々として居る。帆はオマンダラである。先刻《さっき》からまだ澪標《みよぐい》一ツ越さぬ。ウッチャリ拾い先生は頻りに、何か拾って居る。予等二人は遠目に今拾ったものは何であろう彼であろうと云って見て居る。先生の水に立って、従容として「会者は忙せず」に俯仰するさまは、美わしい天や海や暖かい日光や和らかい風やの中に、古昔《いにしえ》の逸人畸士を画《え》にしたかの如くに見えた。特に濡れしょぼたれて居ながら濡れしょぼたれたとも思わぬようで、汚い事をしながら汚い事をも忘れて、脱然として平気でガザ、ボチャ、ヂタ、ブタとやって居る容態は慥に一種のおもしろいところが有るように思えた。

「ウッチャリ拾いなる哉とは何様《どう》だ、賛成する気は無いかネ。」

予は七山生に戯れて斯様《こう》云うと、七山生も戯れて、

「実にウッチャリ拾いなる哉です。賛成です。」

と笑った。

「ほんとにライオン歯磨で磨いた真白な豪気な歯でもって、親や兄弟の臑骨などをガリガリと咬りな

がら、演劇改良論や外交論を仕《し》て居るのよりは、ウッチャリ拾いの方が何程《いくら》世間の為になるか知れやしません。」

と七山生がまた付加えた時、船頭は煙管をはたいて、

「あれで馬鹿にならない商売です、平均《ならし》五貫以上にゃあなるそうですからネ。たまにゃあ好いものを拾い出す事も有るような話ですよ。此辺《ここら》だの新地廻りだので随分拾って居ます。あれも彼男《あれ》一人じゃあ無いのですから世間は広うございますのさネ。市中《まち》の方じゃあ溝渠《どぶ》を攻めて居るのも中々居ますからネ。」

と云う。

「左様さナア、成程溝渠《どぶ》を攻めて居るのも見かけるようだ。」

と云う中《うち》潮の募るに連れて風も募って来て、颯然として快い南風が一ト吹き吹いて来ると、船は忽ちに走り上った。ウッチャリ拾い先生の姿は見る見る小さくなった。

女の髪

田山花袋

一

今まで居た家とは比較が取れないほど家賃が廉かった。六畳二間に、四畳半に二畳の玄関、それに狭いながらも樹木の繁った庭もあった。

第一、電車の停留場の近いのが何よりだ。細い露路を通りにさえ出ればもう其処には電車が駛《はし》っていた。夜は、電線の唸る音が手に取るように聞えた。

「本当に、好い家を見つけたもんだな」

毎朝電車の割引に乗って濠端の役所に通って行く主人は、幾度となくこう繰返して細君に言った。

「此処にさえ住んでいりゃ、いくら雨が降ったッて、役所に行くのに、傘なんぞ要りゃせんよ。役所の前がすぐ停留場で、そこがまた停留場だからねえ」

雨の降る日に役所から帰って来た主人は、こんなことを言って莞爾《にこにこ》していた。

畳も綺麗だし、床の間もちゃんと幅がかけられるようになっているし、廁も二箇所あるし、縁も高く出来て居るし、成程、大家の言った通り、貸家に建てた家屋でないのは一目で分る。「長く住んで下さるなら、廉くして置きます。八円の前納で、敷金なんぞなくても好う御座んす」こう人の好さそうな禿頭の大家の老爺は、笑いを口の辺に湛えながら言った。

長く住むどころではない――何うしてこんな家が人に見附けられずにそッとして置かれたかと思われる位だ。……こんな露地の中に、こう思いながら、其時かれは二歩三歩入って見た。と、思いもかけず、雨風に曝されたかし家札が、字も碌々読めないようになって其処に張ってあった。

その翌日、細君がわざわざ見に来た。

「好い家ね、それに水道があるのね。ちゃんと水が出るように掃除がしてあってよ」

細君は帰ってから嬉しそうな様子をして言った。

二

細君は庇髪に結ったり、丸髷に結ったりして居た。痩削な背のすらりとした、鳥渡外に出るに縮緬の羽織を引かけて行くという風の女であった。子供が二人、総領は十二か十三位の女の児で、次は間が遠く、まだ五つか六つになった位の男の児だ。

主人は髪の毛の濃い、色の白い、小肥りに肥った、ハイカラな三十六七の男で、派手な白っぽい夏服に、流行のネクタイをして、新い麦稈の帽子を冠って、葡萄のステッキを抱えるようして、露地から電車の通りへといつも出て行った。

「好い男ね」

などと其処等の細君達がよく噂をした。

主人の役所に行った留守には、細君は男の児を相手にして、独りで裁縫をひろげたりなぞしていた。女の児は少し遠くなった学校へ弁当を持って出かけて行って、三時にならなければ帰って来かった。訪問して来る客も滅多になかった。それに、細君も主人も余り交際をするのが好きではなかった。従って近所の細君連と往来するような機会もなかった。

でも夕暮などに、男の児を負って主人が通りの方に出懸けて行くのを見ることは度々あった。家の中でも、父親の子供と戯れる気勢《けはい》は時々した。

「秀や――」こう総領の娘の名を呼ぶ母親の声は常に四辺に高く聞えた。

縁日で主人が買って来た草花の鉢が縁側にずらりと並んで見られた。ダリアだの、アネモネだの、天竺牡丹だの、中には目も覚めるように見事な紅い花などもあった。それに、鉢物もかなりにあった。柘榴だの、楓だの欅だの、しろ竹だのが、三段になった長い台の上に一杯に並べて置かれてあった。

縁側の傍に置いてある小さな如露は、朝に晩に主人の手に取られて、其処から細い水が瀧のしぶきのように鉢の緑葉や草花に濺がれた。

晩酌をするでもなく、机に向って読書をするでもない主人は、水を濺いた後の庭の涼しさと心地よさとを楽むもののように静かにいつも縁側に坐っていた。

段々住んで見ると、二つ続いた六畳の間がいかにも住み憎いということが解って来た。それに何処となく陰気に感じられた。そんな訳はない、陰気な訳はない。光線はかなりに入って来るし、風通しもそんなに悪くはないし、天井だッて高いのだから、そんな訳はないと思うけれど、それでも矢張何処か陰気だ。

座っていると、何だか厭に気が滅入って来るようにさえ思われる。

厠が二つ、これも家のつくりから言うと、不自然のような気がせぬでもなかった。ことに、下の方の厠は無くっても好いような位置になって、戸を明けて入ると、いかにも暗かった。

「母さん、ここの便所は私、嫌いよ。何だか怖いような気がするわ」

ある薄暮にそこから出て来た総領の娘はこんなことを言って顔を曇らせた。

「そんなことはないよ」

「でも、母さん、何だか変よ。来て御覧なさいよ」

「臆病ねえ、此児は？　こんな大きな体をして？」笑いながら母親が言うと、

「でも、来て御覧よ」

「何うしたのサ」

変なものが映ると娘は言った。「臆病ねえ」母親はもう一度言って、さて其処に行って見た。成程明るい影のようなものが其処の壁に移っている。

不思議に思って、戸を明けたり立てたりして見た。其影は矢張依然としていた。母親は今度はその影の前に立って見た。

影はふッと消えた。

「それ、御覧な、向うから移って来ているんだから……臆病ね！」

こう言って母親は笑った。

「そう、本当？　向うから移って来るの？」娘はこう言ったが、「でも、何だか怖いわ」

移転して来た日のことであった。細君はそれとなく勝手の揚板を明けて見た。

「まア、汚ない！」

思わず知らずこう言った。主人も其処に来て立った。

其処には、括枕だの、女のする船底枕だの、薬瓶だの、襁褓見たようなものだのが一杯になって入っていた。

そして、それが長い年月を経過したもののように、いかにも古く汚く土にまみれていた。主人が試みに棒で突っついて見ると枕は他愛なくぐつぐつと崩れて、中から黒いもみ殻がこぼれ出した。衣片《きれ》などもぼろぼろになっていた。

「汚いことねえ、今まで何ういう人が住んでいたんでしょうかねえ」

その時、細君はこんなことを言ったが、「片附けなくっては駄目ねえ」

主人は、

「もう、じき、大掃除が来る、其時、どうせ縁の下を掃除するのだから、それまで此ままにして置くサ」

で、そのままになっていた。

と、ある日、細君が、

「昨夜は怖い夢を見てよ」

「また、始まった！」

「でも、本当に怖かったのですよ。あのね、そら、縁の下に枕だの、薬瓶だのがあったでしょう。あれの夢なのよ。誰かあの枕や薬瓶を持っていた女があって、それが夢で来たんですよ」

「馬鹿な」

「その女が何処か見たような人よ、確か三年前に家にいて死んだお愛ネ、あれのようだッた。それが、私の所に来て、何うかあの枕と薬瓶とを片付けて呉れ、あれがあそこにあるばかりに、未だにうかばれないッて、こう言うんでしょう」

「此間、あんなことを言ったから、それでそんな夢を見たんだ……」

「そうかも知れませんね」

細君はこう言ったが、「でも、早く片附けて了ッた方が好う御座んすよ。あんなものが揚板の下にあると思うと、始終変な気がしているから、そんな夢を見るのですよ」

「もうじき大掃除が来るよ」

「それまで待たずに片附けて了いましょうよ。何だか、私は気にかかって仕方がない。」

「何うかしたね、此頃は？　馬鹿に神経家になったね」

主人はこう言って笑った。

でも、大掃除を待たずに、人足を頼んで、一度縁の下を掃除して貰うことにした。

いろいろなものが縁の下から出た。枕、薬瓶、座蒲団の半ば焦げたのなどが山のように庭に積まれた。女の髪の毛の切ったのなども出た。

三

鼠もかなりよく騒いだ。

天井には鼬なども居るらしかった。何があんなに大きな音を立てるのだろうと思われるような音もおりおりはした。

夜遅く、細君が裁縫などをしていると、丁度天井裏の一隅あたりで、鼠の物を引きでもするかと思われるような、ス、スという音が聞えた。

女が衣服の裾でも引摺るような音だ。

「何でしょうね。あの音は？」

余り毎晩聞えるので——それも時を切って十時頃からきまって聞え出すので、細君も終には無気味になって、ある夜それとなく主人に話しかけて見た。

「音ッて、何さ！」

主人は聞耳を立てた。「何にも聞えないじゃないか」

「そら、聞えているじゃありませんか。そら、ス、スッて、何か引摺るような音！」

「何に、あれは鼠が何か引張るんだよ。何でもありゃしないよ」こう無造作に言って笑って、「お前、此頃本当に何うかしたね……そう神経過敏になっちゃ困るな」

「そういう訳でもないんですけどね……。何だか気になる音ですものね。そら……聞えるでしょう。ス、ス、ッと？」

「うん、聞える！　でも何でもないよ。鼠か、鼬かだよ」

「それが不思議なんですのよ。三十分位経つとやめて了って、それから一時間位経ってから、また始めるんです。夜中に眼が覚めたりしていると、よく聞えていることがありますよ」

「そんなことを気にしてたッて、仕方がない」

「でもねえ……」

「何時《いっ》から、そんなことが気になり出したんだえ？」

「そうですねえ、もう余程前からですねえ……一月位前からかしら？　そら、いつか夜中に貴郎を起したことがあるでしょう。それ、寝苦しい、いやに暑い晩、貴郎がうなされて、苦しそうな声を出して居たのを私が起したことがあったでしょう。そう思えばあの時にも聞えていましたよ」

長火鉢にさしむかいに坐った二人は、暫し黙って耳を欹てて居た。

ス、スと物を引摺るような音はしんとした夜の空気の中に絶えず聞えていた。

四

近所の人達の態度――それにも飲込めないような不思議なところがあった。引越蕎麦を配らない訳でもなければ、挨拶に顔を出さない訳でもないのに、近所の人達は何故か打解けないような、別種類の人間でもあるような、顔色をしてかれ等を見た。

細君が挨拶をしても、近所の細君達は通り一遍の挨拶をするだけで、いつも急いですれ違って行って了った。時には何か訊きたいような眼色をして此方を見ていることなどもあった。でも何事もなく三月ほど過ぎた。ある日、主人が役所から帰って来ると、蒼い神経質な顔をした細君は、待かねたという様な急込んだ調子で、

「貴郎、大変ですよ。此家は幽霊が出るんですッて！」

「馬鹿な！」

「馬鹿なじゃありませんよ。本当なんですよ。お文が何処からか聞いて来たんですがね……本当なんですッて！」

「そんなことがありゃしないよ」

「ないことがあるもんですか。道理で、屋賃が廉すぎると思った。私、お文がそう言ってさっき飛込

んで入って来たから、お向うへ行って早速聞いて見ましたのよ。するとそうだとは仰しゃらない、大家の前もあるから、そうだと、分明と仰しゃらないけれど、人が十日と落附いて住んで居たことがないんだそうですよ。イヤだイヤだ、道理で、変だと思った……」

細君の蒼白い顔は、夕暮の薄暗い空気の中に浮出すように見えていた。

「まア、少し、気を落附けなさい。そんなことを軽卒に信じたって仕方がない」

「でも、私は厭よ。もうこんな家に一晩だっていられない」

「そんな無茶なことを言ったッて仕方がない。」

主人は兎に角に先ずこう細君をなだめ賺した。しかしかれ自身に取ってもその噂は満更無気味でないこともなかった。ボロボロになった括枕、女の髪の毛、時を切って物を引摺るような音――それが新しい意味を持って、かれの心頭に蘇って来た。

夕飯を食いながら、主人は自から慰めるように、「だッて、それなら、杉田だッて言って呉れそうなものじゃないか。同じ大家の店子で、そして毎日顔を見合せているんだから……」こう言ったかれは、同じ番地に住んでいる同僚のことを思出していた。

「兎に角、それじゃ杉田に行って聞いて来よう」こう言って、主人は夕飯を済してから出かけて行った。主人にも思い当ることが多かった。

「実はね、君。君が引越して来た時に、余程そう言おうと思ったんですけれど……僕が気が付いた時には、もう君は道具を運んで居られたし、それに、御存じの上で、お借りになったのかも知れないと思ったもんだから……、今まで御存じなかったんですか？」

こう同僚が言うのを聞いた時には、かれはヒヤリとした。

「私もそんなに長い間此処に住んでいるのではないんですから、分明した処は知りませんけれど、何でも十年ばかり前に六畳の長押にしごきをつなぎ合せて、首を縊った若い女があったそうです。肺病の女か何だかということです。」

同僚は猶お言葉を続いで、

「私が此処に来てからでも随分いろいろなことがありました。肺病になって引越して行った人も一人や二人はあります。不思議なのは、其処に入って一年と丈夫でいた人がないようです。……最後に来たのは、そう？　貴郎が御入りになる二月ほど前でしたが、若い結婚したばかりの夫婦でしてね、初めは、そんなことを知らないものですから、暢気に暮していたようでした。夜など、灯がついて、笑声などしていました。処が、それと知れてから、丸で火が消えたようになって了って、夜は早くから二人とも六畳にかじりついて小さくなって寝ていたそうです。五日ほどして引越して行って了いました。」それからそれへと話をして、「でも、別に変ったことはないんでしょう。住む人の方で、気がさして来るから、それでいろいろなことが起って来るんでしょうけれど、その積りでいさえすれば、何でもないんでしょう。貴郎はかなり長く住んでいらしったから、もう少し住んでいて御覧なすッたら何うです？」

「でも、病気になるんじゃ困りますね」

こう言ってかれは笑った。

賑かな同僚の家庭――神棚には灯が点いて、元気な母《おっか》さんと、肥った上さんと、丈の高い弟とがさも楽しそうな調子で話していた。同僚は晩酌を遣りながら、赤い顔をして、盃をかれの方にさしたりなどした。

「本当に御存じなしで？　御入りになって、それと知れましてはねえ、嘸ぞお気味が悪いでしょうねえ」

母さんはこう言って同情して呉れた。

かれは自分の暗い家庭をこの賑かな楽しそうな家庭に引較べて考えながら、さびしい心持で家の方へ帰って来た。

「何うして？」細君はすぐこう訊いた。

「至急に、家をさがして引越すんだね、困った！」

「そうでしょう矢張！」

細君の声は震えていた。

五

種々なことが思当って来た。廁の壁に移った影のことを考えて、細君は戦慄した。あらゆる秘密、あらゆる災害が、かれ等の周囲に集って来たような気がした。

主人ももう強いことを言っては居られなかった。長火鉢の前に、ぽつねんとして、顔を曇らせて坐っていた。その侘しそうな暗い顔を、五燭の電燈は微かに点した。

総領の娘は、日の暮れる時分、幽霊が出ると大変だと言って、里の祖母さんの家へと遁げて行って了った。

夫婦は顔を見合せて坐っていた。細君には夫の顔が暗い凄い影を帯びているように思われ、主人には細君の顔が厭に蒼白い心細い色をしているように見えた。寝ている男の児の顔も蒼く物凄かった。

「一年も居る人は屹度病気になる！」そう言った同僚の言葉が強く主人の頭に残っていた。一間の空気の中には恐ろしい有害なものが交っていて、それが此処に来る人達の生活を悉く破壊しようとしているように段々主人には思われ出して来た。

主人は急に、「おい、何か燻べるものはないか」

細君は驚いたように目を瞬って、「燻べるッて何です？」

「燻べるッて、燃やすものさ。悪い気でも受けると大変だから」

「じゃ、蜜柑の皮でも好う御座んすね」

細君はこう言って、押入から箱を出した。そこからは、兼ねて蔵《と》って置いた蜜柑の皮が一杯出た。

主人はそれを火鉢にくべた。煙はもくもくと立った。一種烈しい物の燃える臭いが一間に充ち渡った。

煙は時々電球を蔽った。と、室は鳥渡形容の出来ないような影に包まれた。主人の顔も細君の顔も、長押にかけた美人の額も、何も彼も暗く黄くなる……。

主人の頭には、縁の下にあった女の髪の毛がそれとなく不愉快な恐ろしい感覚をさそって来た。長押で首を縊った女の髪の毛ではないかとさえ思われた。かれはこうしてじっとしては居られないような気がして来た。六畳の長押、それは何方の六畳だろう？　すぐ其処じゃないか。自分の坐っているすぐ頭の上じゃないか。足足、白い足がだらり……。

と、今度はぐつぐつに崩れた括枕の中のもみ殻のザラザラした音が神経に触り出した。ザラ、ザラ、――俄か全身が寒気立って来た。

かれはせっせと蜜柑の皮を火鉢の中にくべた。

細君はそれでも其処に裁縫を出して、黙って針を取っていた。それはもう十時を過ぎていた。不意に、細君は針の手を止めて、聞立耳をして、じっと空間を見詰めていた。

「何だ？」

　こう言った主人の声は、いつもとは違って、其人の声ではないような、誰か他に其処に人がいて言ったような、ガランとした声であった。

「何だ？」もう一度主人は繰返した。

「そら、御覧なさい。始った！」

　細君は顔を押えた。

　例のス、スという音が天井裏で聞え出したのである。

　あたりが静かであるだけそれだけ、その音が明かに聞えて来た。ス、ス、ス——実際、女が衣の裾を引摺るような音だ。でなければ、女の長い髪の……

　夫婦は顔を見合せた。

　互に見合せた顔が恐ろしいような気がするほど四辺はしんとしていた。夫の顔、妻の顔が何か他界のものではないかというように互に思われて来た。

屑屋

和木清三郎

「屑ゥやい。」

こういうと、彼はそっと眼を細目に開けた。そして四辺《あたり》を遽しく見廻した。初秋のシットリとした午後の陽をうけたお屋敷街は、寂然《ひっそり》としていた。人影一ツなかった。

彼はホッとした。と、急に何とも知れぬ辱しさを感じた。全く耳を被いたい気持だった。

「誰か、聞いてはいなかったか知ら……」

すぐと、不安に追っかけられた。彼は、首を両肩の中に埋める格恰をすると、額に滲んだ生汗を手の甲で弾いた。そして上体を少し前に傾けると、グングンと坂を上って行った。左肩にぶる下げた屑籠が、歩く度毎に嘲るように背中を叩いた。辱かしさは、一層そのために強く感じられた。彼は足を速めた。すると、今度は囮に入れてある紙屑が、底の方でガサゴソと鳴り出した。それが、いかにも足拍子をとっているように思われて、彼は無性に腹が立った。

右手を後に廻すと、グイと斜に籠を引きしめた。そして出来るだけ早く遠ざかろうとした。

が、いくら歩いても歩いても、坂道は上り切れそうに思えなかった。顔を挙げて見ると、大きく紆った勾配が屏風のように長く聳えていた。登り詰めたところにある赤いポストが、まるで玩具のように眺められた。少くとも彼には、そんな風に見えた。

彼は、ガッカリした……。

「何だって、こんなでっかい坂を此のままにして置きやァがるんだろう！」遣り場のない不平にムカムカした。幾度も、辷落ちる草履をつッかけながら、彼は躍気になって歩いた。

始めて客を呼んだという、ただそれだけで彼の頭はゴッタ返していた。悔を貽んだ辱しさや、忌々しさやが
「とうとう、おれも屑屋になったか……」という心持の中を、鼬ごっこをして走り廻った。

あれほど、しきっきりなしに訴えていた肩の疚く痛さなんか、疾っくに忘れていた……

それ程力んだとは、彼は思わなかった。が、その声は妙にはっきりと四辺の静けさを破って「屑ゥやァい！」と響きわたった。あの位い、心の中で
「屑ゥい。屑ゥやァい……。」

「屑や、お払い！」

と繰返していたのだった。向横町の曲りッ角に来たとき「今度だぞ！」こうも、決心した事もあった。通りから通りへ変れば、人も亦変るのだ。そのとき、力一パイ「屑ゥやァい。」と叫んだところ

で、顔馴染の前で叫ぶよりは気が楽に違いない——と、彼は考えた。けれど、矢張駄目だった。頭が熱くぽーッとなる。呼吸使いは迫って来る。ついで、眼がクラクラッとする。妙に突っつかれるよういらいらしさに足が竦む……

「今だぞ！」一度吸った息を弾ませて「くッ……」と、顎をシャクリ上げる格構をするのだったが、何という声も彼の口からは出なかった。

そんな状態を、彼は殆ど通りの角毎に繰返した。そして、その度毎に不愉快な焦燥と自暴《やけ》じみた失望感に心は暗くなって行くばかりだった。——といった時の事だった。

あんなに出渋っていた呼声が、何の機会《きっかけ》のあった訳でもなかったのに「屑ゥやァい！」と、まるで商売人みたいにスラリと出ようとは、全く思いかけない事だった。

素人離れのした抑揚さえがあったのに、誰れよりも彼は喫驚した。キョトキョトと、四辺《あたり》を見廻す程だった。そしてその声が咽喉を辷り出たときの気持を、彼は考えてみた。

気まりの悪るい一心から、眼まで閉じて木のように硬くなった心臓は、その瞬間動きを止めた。全身の血は、カッと頭に流れ込んで来たのに違いないと思った……。何故なら、その刹那の彼の心持や、五体《からだ》の状態は、いくら考えてみても、朧気の想像さえつかなかったからだ。ただ「夢中だった……」というよりほかなかった。

が、考えてみれば世の中てなものは、皆こんなものじァないか。どんな自分自身にとって重大な事柄でも、よしそれが悲しい事にしろ、喜しい事にしろ結果から見たとき、それはただ見る事も出来ない刹那から刹那の間に決定《きめ》られてしまうのだ。

彼は、漠然とではあるが、しかし、力強く何となく運命の力というものを考えた。人の力では、どうする事も出来ない「力」の存在に行当った。そしてその力は、今や彼を「屑屋」に祭り上げてくれたようにも思った。寂しいような、心細いような、勇気づけられたような……彼はわけの判らぬ気持に、上気した。

しかし、上ずった心の底には何といっても、それを奇蹟かなんかのように、大形に考えたがる気持の流れがあった。彼が、朝早く家を出たとき、彼は屑屋としての自覚はあった。けれど、籠を担った瞬間から彼の心は重苦しく暗かった。そして路々何のコダワリもなく歩いている人々と行交う度に、彼は彼の職業を卑しむ心や、それにつれて新しく湧いていた希望が根本からグラついた。

どんなに心をいらっても、考えて見ても姿だけ屑屋で心からのそれになり切れなかった。そして「屑ゥい。」

というたった一声が、咽喉に支えてどうにも出ようとはしなかった。それは意気地のない事でもあった。矛盾した二重の苦しさにも悩まされた。

黙って歩いている間に

「おい、屑屋さん！」てな調子で、気軽に呼んでもらえるなら、これに越した事はありァしない。真実、どこから見たって、紙屑の入った竹籠に棒量りを立てかけた姿を、正物の屑屋に見立てない人はないだろう。それなら、きっとその中誰か呼んでくれるに決定《きま》っている。それで商買《あきない》が出来るなら、客を呼ぶ辱かしい思も、人の注意を惹く気まりの悪るい思もしないで済むだろう……

だが、彼を呼んでくれるものは一人もなかった。呼ばれそうな家の前は森閑としていた。障子は堅く閉っていた。彼は、ボツボツ商買に対して悲観し始めた。彼は、彼自身に失望を感じた。

もう、何年も屑籠を肩にぶる吊げて

「屑ゥい。屑ゥやァい……」

と、真正《ほんと》の屑屋さんみたいな顔付をして歩こうと心がけていた、心の張りも弛んでしまった。

殊更に敏捷《はしっこ》い眼付をしようとすると、よく観た六代目の所作事などが思出されて、つい妙な眼付になったりする。それが可笑しくも滑稽なものにも思われた。そして頭の中に、おかめの面や、磐若の面を描き出したりした。反って今の境遇を昔の時代に引比べさせたりした。浅ましいやら、口惜しいやらで胸が一パイになって行く。そしてムシャクシャして新しい職の目論見や、執着がなくなってしまうのだった。いやになってしまうのだった。籠や、鑑札が自分のものだったら、叩き捨ててどこかへ飛んで行ってしまいたいような心持もした。

彼は、それで人通り少い町を選って、ただ黙ってむっつりと歩いた。始めは何でもなく思っていたまるで空っぽの籠の重さが、今は鉛を担っているように、ミシミシと肩に食入る程痛く感じられた。

右に、左に半丁毎にかけ換えていたのだけれど、大きく鈍く迫って来る疼痛は、もうどうにもこうにもたえられなくなってしまった。

かてて加えて秋の陽長た陽《ひだけ》が、歩き疲れた体には蒸すように感ぜられた。彼は、明かに不愉快と、腹立たしさとに心は暗く閉じ込められていた……

続く雨に降籠められていた間、彼は新しい商買上について色々思案もあった。

「吝な商買《あきない》だが、それだけ確実《たしか》だよ。」

こんな言葉を聞かされたときには、彼はどんなに輝かしい希望を持ったか知れなかった。が、こうして当てのない客を求めながら、歩く事には遂に彼の心は道寄りをしなかった。それだけに、彼はここで思いがけない実地と目論見との間の隔に驚かないではいられなかったのだった。

所詮は屑屋になったからには、晩かれ早かれ
「おい、屑屋さん！　これ持ってっておくれ。」

と、人前に立たねばならぬ日のある事は、兼て覚悟はしていたのは云うまでもない。けれど、見も知らぬ人の前で一二銭の商買《あきない》を繰返す穢い屑屋渡世の身を考えると、流石に汚穢屋よりは取扱うものがものだから、いくらかの矜持《ほこり》のなくはなかったが、それでも矢張正直のとこ好い気持はしなかった。そう考えて来ると、全く籠を投げ棄てたい辱かしさに心も縮んだ。

何も自分の不仕鱈から、分別盛りの身が好んで慣れぬ商買に身を落したんじァない。今愚痴っぽい

昔の身柄や、古い酒の味を思出したところで、それが何になろう。

まだ、お金が幾何か残っていたとき、そして出入の誰彼から空お世辞の一つも繰返してもらえる時代に、一図に吝臭い奴だ――と恨んだ伯父や、従兄のいわば強意見が妙と此頃はっきりと思出されるのだが、それとても今どき何になろう？……

せめて、名は何というのだか知らないが、同じ屑屋渡世の仲間でも、向う横丁の表通りに住んでいる奴等のように、道具屋らしい店《たな》の一つも張っていれば、まだこうして町を籠を担って一日中「屑ゥやァい！」「屑やお払い！」と歩き廻ったからといっても、いくらか慰められるというものだ。世間の人にも顔向けがなるというものだ。けれど、持った商買道具の例い一つだって、自分の持物というのはない今の有様だ。それに考えて見れば、親方から借りた日歩《ひなし》の僅かな資本《もとで》のこの商買《あきない》では、とてもの事にまたいつ世の表に浮び出られるか知れたものじゃァない――

彼は、心細さにたえなかった。もう一足だって歩いてやるものか――そんな強情な心さえ湧いて来た。

「一日、一日こうして行ったらどうなるんだ……。」

そのどん詰りは、誰よりも彼は判然《はっきり》と知っていた。漸く、不安は忍びやかに心に食下った。居食する、食いのばすお金はもうなかった。売るものも、なかった。だからこそ、資本のそれ程かからないこの商買を選んだのだ。してみれば、こうした日を安閑と重ねて行ってはならない事は判り切っていた。

沢して、親方に初めて会ったあの日の屈辱と、不快とを彼は忘れられなかった。お金のほか、血も涙もない親方ではなかったか。若し、籠と、目方量と、古物商の鑑札と、僅か五円足らずの資本金《もとで》の、日々支払わねばならぬ利息を稼げなかったとしたら――ああ、どうしようというのだ――彼は、走り出したい焦々しさに突っつかれた。

「食べる事もだが、寝る宿さえが……」彼の気持は、全く闇だった。そのすべての解決は「屑ゥい。屑ゥやァい……」にかかっているのだと思うと、尚忌々しかった。

朝、家を出てからもう半日以上を、その一言をいうか、いわぬかにまどって来た。考えれば、考える程絶望の気持は、彼を引据えた。その時、思いがけなく
「屑ゥい……」

という一声が、辷り出たのだ。

しかも、それが、そんなに滑かに簡単に呼ばれたとは、どうしても彼には考えられなかった。にも拘らず、コンモリとした立樹にある余韻をもって湧き渡ったのは、一体全体どうしたというのだろう?

彼は、不思議だった。不安でさえあった。あの心の苦しみを徹して、叫び出された一声はどうしても奇蹟としか、彼には考える事が出来なかった。が、そのときの自分の変てこな姿や、顔付をひそか

に思うと、あさましいというよりも、流石に彼は擽られるような滑稽味と、悲壮味とを感じた。

白紙に墨汁の一点を染め付るにも等しい事が、こんな風に何でもよく行く世の中だとは思わなかったけれど、あの刹那に彼が「屑屋」としての産声は挙げられたのだな――と思うと、自ずと彼の顔が無惨に崩れて行くのをどうする事も出来なかった……


やがて、陽足の早い秋の空に夕暮の雲が棚引こうとする頃になると、彼は可成に疲れている事に気がついた。脹脛は堅くなっていた。肩の痛みは堪えられなく感じられた。彼は呆然《ぼんやり》と立停った。何をしようとするのでもなかった。盛んに動いていた機械が、油が切れていつとなしに動かなくなったのに似ていた。そして、近くの樹蔭に籠を下した。目方量をガチャリと投出して、彼は材木に腰を据えた。矢庭に鳥打帽子を脱ぐと、絶望的に二三度頭を振った。

欠伸は、続けざまに出た。陽は籠の目の隙間を、斜に長く投影していた。彼はそれを寂しそうに眺めた。

心のどこかに、一度も商買《あきない》をしなかった淡い悔が感じられた。それよりも昼食をとらなかった事がふと思出された。

と、眼の底をチクチク針で突っつくような激しい空腹が、その時再び甦がえって来た。胸がワクワクするようにも感じられ始めた。

煙管を握る元気もなかった。

何を考えるともなく、膝に手を神妙に重ねたまま身動き一つしなかった。凝乎と足元に眼を落した。心細い事ばかりが次から次へて頭を掠めて行くのを追っていた……。

そのとき、彼は彼の方に近づく人の気配を足音で知ったが、頭を上げようとさえしなかった。ぼんやりとしていた。

「やア。どうだい……。商賈《あきねえ》は？」

なれなれしい声と共に、思いがけない一人の男の声に、彼は一寸驚いた。人懐かしそうな相手の態度に、聊か打解ける気持を誘われはしたが、鋭く光るその猾狡そうな眼に彼の気持は縮った。

暫くして

「……うむ、駄目だ。から不景気よ――」

彼は、口重にこう出鱈目にいって陰気に笑った。

そこには、大きい屑籠を担いだ中年の屑屋が立っていた。そして汚らしい紙屑が溢れるように籠の口までギッチリと押込んであった。襤褸布《ぼろっきれ》だの、女の髪毛だの、色のついたヨレヨレの紙屑などがところどころから食み出していた。しかも、その上には藁縄で括ねられた一重ねの古新聞が、重そうに積んであるのが見られた。

彼は、一寸羨ましいような、妬ましいような圧迫を感じた。

「大分、稼いだじァないか。」彼は、何気ない調子でいった。「その位ェ稼げりァ、悪るかァない……」そっと、その金高を心の中で計算した。

「うん。まア……。お前ェさんは？」ニコニコ喜しそうに煙を吹かしながら、饒舌に喋り出した。

「長げェ雨降りでよ。その代だァね、とてもの事に商買しきれァしねえや。お約束だけで、お金を置いといた家だって大分あらァ。当分、こちとらの世の中は、いそがしいぜ。」

彼は、そうした話を何の感激もなく聞いていた。無理にグングンと押込んだ、醜く脹らんだ籠の様子を

「この重さじァ、肩の痛だって大変だ。」などと考えていた。

「これだけの新聞で、二貫と三百匁あるんだが……、どうだい買っといてくんないか。そうだなァ……」仔細らしくペラペラと上の十二三枚を繰って見せて「いくらか歩合も、もらわにァならねェからな。トロ並じァどうだい……」

「う。何だい？」

「なァに、一貫トロに負けとくという事さ。空っ籠じァ問屋の手前帰ェられねェだろう。それに新聞が好いんだよ。」

「……？」

彼にはその符牒が、実のところよく判らなかった。仲間同志の商買であるのだから、いくらか此方

の歩合も計算には入れてあるのは察しられはしたが、問屋に卸す本値《もとね》と何程の剰余があるのか、彼には皆目見当がつかなかった。相手方の猾狡《ず》るそうな表情を徹しても、どうせ大したものとは思われなかった。

おまけに、値段も知らず財嚢《さいふ》の紐を解くのも劫腹だった。例い買いたい気持があるにしたって、足元を見込んで売付けられようとするのを百も承知で、その言値で買うのは尚たまらない事だと思った。値切るには、値切るで彼の符牒を知らねばならない。が、考えてみれば生辱を曝すに等しいお客から買取るよりは、この仲間から買取る方が気持の上でどの位い楽だか知れはしない……

と、親方の痘痕面がふいと、彼の頭を過ぎ去った。彼は、幽かにしかし確かに狼狽えた。と同時に、彼は買いたかった。

「どうだい。格安だぜ。トロなら考えるまでもねェと思うんだがな……。実際、トロなんて相場じァありゃしない。大毎だの、読売だぜ。紙の好い事は太鼓判だ。それに目方もたっぷりとあらァ。二貫目に負けちゃおう！」彼の黙込んだ顔を、深々と覗いた。「買ものだぜ。全く、掘出しもんだ。相場じァねェや。」と嗾かすように、附加えた。そして小腰をこごめながら、さも沢山あるらしくポンポンと新聞の上を叩いて見せた。そして予期した返答を持っていた。

「折角だが、おら止そうよ。今日は、こっちにも買物はあるにはあったんだが、少し思惑もあったものだから、皆んな断ったんだ。それに、体がどうもはっきりしねェもんだからね……」

心細そうに顔を歪めながら、彼は彼の感情を誇張した。そして煙草を一ぷく思切り吸うと、甘そうに鼻や口から無茶苦茶に煙を吐いた。

「だから、今もここで憩んでいたところなのさ。」と云った。

商買にならぬと知った二人は、間もなく冷淡に別れて行った。それらしい挨拶一言交わしはしなかった。

「屑ゥい。」「屑ゥやお払い！」

と、新聞紙を背中に担った仲間の去って行く姿が、遠く通りの横丁に消えて失くなるまで、彼は瞬一ツしないで凝視めていた。

間もなく、彼は一人になると急に取残された寂さが、身に迫って来た。一種の気づまった窮屈さはなくなりはしたが、新しい心細さは犇々と感じられた。

算盤高い猾狡《ずるい》奴だと蔑んだ仲間の心が、何故かそのとき親しさをもって思起された。そしてそのときの自分自身の冷淡さが、とり返しのつかぬ過失《あやまち》のように悔まれた、そして仲間の云った様々な言葉が、温かい心に湧いて来て皆正しいものに考えられたりした。

小説じみた妙な廻合せが、甘ったるい追想とさえなるのだった。

「同じ商買をしていればこそ、見ず知らずのおれにさえ、あんな風にいってくれたのだ。」

それを一図に

「新参者だと悔っていやァがるんだ。」

と僻んだ心を、今更のように彼は辱かしく思った。すぐにも後を追っかけたい気持だった。

「謝罪《あやま》ったら、許してくれるだろう……」

そんな風の人柄に、彼には考えられてならなかった。そして今一度仲間の行った方角を、なつかしい眼で眺めた。そこには豆腐屋のラッパの声が、哀感を誘うように聞えて来るよりほか、小犬の影さえなかった。

彼は、何となく悲しかった。

商買《あきない》にいそしむ仲間を羨む心と、彼自身の不甲斐なさを鞭打つ心とで胸は一パイだった。そして遣瀬ない心の底に、おそらくは思いがけない今日の商買を喜びながら、楽しい家路をいそいでいるであろう——仲間の姿が、強い悔恨と共に気高いものに思出された。過ぎ去った彼の富裕な日までが、つきまとって疲れた神経をいたぶった。

「明かに、今おれは大きい闇の中に迷い込んでいる——」彼は、そう考えた。そしてその悩みは、彼の長い今までの生涯にかつて経験しなかった程度のものであった。

家を畳んだときよりも、親や妻に死なれたときよりも、彼にとって苦しいものだった、そしてもがけばもがく程、身動きならぬ絶望を感じた。

そこで、彼はまた虎のような斑点のあるあの嫌らしい蜘蛛と、法師蟬との悲壮な最後の光景を思出さずにはいられなかった。それは彼が、物事に絶望を感ずるときいつも頭の中に浮かんで来るいつの頃に見たのか凄惨な幻想の一ツだった。

始め、思いがけない陥し穴に引っかかった法師蟬は驚きと、狼狽とに怒った。全力を挙げて悪魔の勇ましい争闘は開かれた。けれど、それは到底蜘蛛の邪智には敵すべくもなかった。

己の巣に傲然とした蜘蛛の執拗な手足が、美しい法師蟬の生温かい屍体を抱えて、鋭い牙を彼女の皮膚に何の悔もなく突っ刺しているのを見出すまでには、ものの数時間をまたなかった……その怖しさと、嫌悪とに満ちた少年の日の思出が、今はっきりと彼の眼底に描き出された。

彼は、慄然《ぞっ》とした。

彼を必ずしも法師蟬に例えるのではなかった。蜘蛛になぞらえるべきものがあるというのでもなかった。けれど、自ら己の上に与えられた運命の路を踏み迷って、今や、我れと我身を亡ぼそうとしている事実にいたっては、強ち否む事の出来ない共通点を見出さなくはなかった。

と同時に、彼の今の現在の立場を顧みるとき、それは如何なものであるか――も亦はっきりと考えられた。

彼は、喘ぐような苦しさを感じた。両手でしっかりと頭を抱えて幾度も昂ぶる神経を、押鎮めようとした。そしてあらゆる辱かしめと、苦しさと、不快さと戦う事によってのみ法師蟬の境地を脱け切る事の出来るのに気がついた。

と、彼の鈍った頭の中に、先程別れた仲間の顔や、言葉や、いそいそと歩いて去ったときの有様が、再び思い起された。

彼は、羨ましくってたまらなかった。

「こりァ、こうしてはいられぬワイ」

一時に、凝乎としてはいられぬ焦々しさを感ずると、今にも大した幸福が次の瞬間彼を待っているように思われてならなかった。

やがて、遽しく煙管を拾った彼は、いそがしそうに立上った。目方量を忘れて行こうとする程だった。そして肩の籠を一動揺《ゆすぶ》りすり上げると、家並の多い横丁に入って行った。

淡紫に沈んで行く静かな街の中を、軽やかな足取りと共に

「屑ゥい！」

「屑やァい。」

「屑やァ、お払い……」

と勇しく呼び続ける彼の声は、四辺に朗々と響きわたった。そして、今は、何等の不安も、不平も羞恥しさも、止みがたい空腹の訴えさえも感じない彼であった……

ＷＣ――極美の一つについての考察――

稲垣足穂

　私がこれからかかろうとするのは、あの茶いろがついたセメントのかこいのなかにある、左まきにグルグルまいたセピア色のソーセージと、ビチビチの卵の黄味と、そのあたりへ落ちている桃いろのしみのついた綿に関する話なのです。――というと、あなたは顔をおしかめになるにちがいありません。それも尤もです。青鼻をかんだ紙をひろげて、それを又ベトベトとなめてしまうことに、世の常ならぬ快感をおぼえる話をかいた潤一郎だって、遂には立ち至らなかった境地ですもの。と云って、私もこうして正面からもち出す以上には、決してわるふざけなんかではなく、そこにはそれ相当の理論も責任ももち合わせているのです。――で、まあ考えてごらんなさい。一口に便所というと……そう口に出すことさえ上品な人たちにはいやがられているようですが、このきらわれ者が、吾々にとってどんなにファミリアルな位置を占めているかということを。云うまでもありません。便所をするということは、ものをたべるということと合わして、人間にはなくてはならぬ二つの一つです。ですから、昔からどんな立派な御殿にも、又、見るかげもないような小舎にでも、そこが人間の住いであったら、きっとこの便所というものはそなわっていたのです。そして、貴いまずしいさまざまの食卓からさまざまの美が織り出されたのがほんとうなら、又、貴いいやしいかずかずの便所からは、またかずかずの美が発生していないなんてどうして云えるのです！　それはあえて近頃やかましい精神分析学とやらをもち出さなくとも明らかなことですし、いや美とはつまり性慾の変形に他ならぬということを力説するその学説によったら、便所をするということがはずかしくかくされなければならぬことであるだけよけいに、そこにはより皮相的ならぬ美がふくまれているわけではありませんか？　ことに、どこもかしこもお行儀ずくめの今日で、吾々が昔かわらぬ自由なふるまいができるのは、たった一ところそこがあるだけです。したがっては、その許されたる唯一所における自由精神の発露として――短的直截な美の表現として、民衆的なそこに必然的に見つかる楽書をごらんになったら、又、あなた自身が、あのせまいしかしながら楽園であるべき長方形の箱の中にしゃがんでいる小時が、どんなに生々としてどんな真理を体得しているかをおふりかえりになったら、そのへんの消息は一そうたやすくうなずけるはずだと思うのです。さらに注意をそのときの情景に向け、あの香料の壺があって青畳がしいてあり下へ落ちたのがそこにあるぬかのピラミッドの斜面をすべってお月見団子にかえられてしまう御座敷のやつから、ぬかのかわりに香ばしい針葉樹の枝がおいてあるお寺のやつから、シャーとひもをひいて出た水がまだ完全に洗ってしまわないシュークリームを瀬戸物の下の方にくっつけている汽車のなかにあるのから、チラチラゆれるローソクにうつったお化のような自分の影法師のうしろからふいに大きな蜘蛛が走り出してギョッとさせられる田舎の家にあるものから、ホースの先でうごかすナフタリンの玉が皎々とした電灯の下にかぞえられるカフェにあるものから、その他さまざま、それが落ちる音や、そなえてある紙などにお考え合せになったら、興味は深々としてつきないとまでは行かなくとも、なるほど面白くないことはないなとはお思いかえしになるでしょう。

　が、それは便所のアトモスフェヤーにすぎないじゃないか、それはあるいは君の云うように趣味もあろうかしれぬが、行為そのものが、――吾々のからだから出たものが何で美なのだ？

　と、もしこんな非難がでるとしたら、失礼ながらあなたは、美ということを甚だ概念的に考えていらっしゃると云うより他はありません。世の中は、――最もきれいなことをするからこそ最もきたないこともするのだし、すべてが道徳的でないからこそ道徳の必要があり、地上に於ける愛慾の他には何物もないからこそ永遠のおしえがあるのです。そして、すでに便所に美があるとした以上、その直接の要点をなすところのものについても美は当然に厳として存在しているのです。こういう云い切り方がわるいなら、私は次のようなところから考察をすすめたく思います。大便や小便は、事実吾々に一つの美感を抱かせるものではないでしょうか？　と。たとえばあの色の上から見てもです、それらは、キュービズムの画論その他によって定説となった世界中の色のなかで一ばん高いクラスにあるとせられているココア色の系統ではありませんか。あれらが他の紫や、緑や、白だったら、それはあるいはもっときれいかもしれませんが、そのかわりにうすっぺらで、ああした過激なものであるにかかわらずにそなえているしぶみや落ちつきを出さないのにきまっています。——といっても、この重要な一点に私はついこの間気づいたばかりなのです。が、しかしそのときはこれはやはり常道をはずれたことかもしれないといううたがいもあったので、友だちのひとりにたずねてみたのです。ことわっておきますが、この友だけは決して詩人でも芸術家でもないあたりまえの人です。そして、神経質でもないばかりか、むしろそれとは正反対の男です。ところがその返事が私のあたらしい発見に確信をあたえてくれたのです。

「そうですね。——僕も大便のにおいや小便は好きです」と、こう云うじゃありませんか！

「——と云って、あの出たばかりの生々しいやつはちょっと困るようだが、ついているやつは……少し時間がたったのはなかなかいいものではありませんか？」

そう云って彼は、自分の経験による女に対することその他のY談めいた二三をもち出して、その生々しくない大便のにおいと、そこはかとなくただようアンモニヤガスの美意識について、適切なたとえをあげました。なるほど……と、私も、合わしてかくのをはばかりますが、中学時代のある唯美主義の情景の一つを思い出して同感をしたものです。そして、それをのべないでこんなことを云うのもどうかと思いますが、そのくっついてしばらくたったものが、或る香水の匂いにさえ共通しているという事実にも思い合わせられたのです。

「殊に」と彼は、それからこれは何人のまえにも云えることをあげました。「畑などのにおいはいいじゃないですか。何か土のめぐみというものを想わせられて……」

実際そうではないでしょうか？　私はこの言葉によって、昔よく散歩していたこの街の郊外の或る部分をふとうかべたのです。それは畑と云ったら何人にも思いつかれる、藁をつみ上げたところや、土でおおわれた壺や、凹んだ道があるところで、そして私は、あの野菜がつくってあるうねと、その向うにうごいている百姓の小さな姿と、さらにそのかなたに見わたされる一面ヴァレイになったはるかの山ぎわまでの晴れやかな田舎景色を聯想するのです。春の光がポカポカさして、ヒバリの声がチヨチヨとして、何もかもとろとろとむせている。虫の羽音がする。そして、そこへプーンとにおってくるれいのやつは、いやでないどころか何よりここにはなくてはならぬもので、ほんとうに「すべての生むものと、はぐくむものと、地の上に幸福あれ」と手をあげてみたいようなのんびりとした、しかもしっかりと地についた感激をもよおさせるではありませんか？――だから、それは別にさしつかえのない平凡なことで、美はあってもとり立てて主張をするに及ばないとあなたが云うなら、私は、いや或る見方によってその美を高潮したら、フランスの散文詩にあるようなハイカラなところまでもひきあげることができると云いたいのです。私たちはそのときそういうことも話しあい、そして、その原理というのは、つまりすべての美を発生させるになくてはならぬ条件である遊離のせいだとつけ加えました。大便というものもそうした春の野辺で遊離されたら、優に一つの力強い美になるということをです。

そんなら遊離しないのはやっぱり文字どおり鼻もちならないのじゃないか……と云うに、そうとはきめたくありません。春のカンツリーのにおいは云わば大便の詩です。しかしながら広津さんもおっしゃるように、近代的意義において散文化の必要があるとしたら、そして、近代人である吾々にその要求があるとしたら、散文的な大小便にも大いにモダーンビュウティとスピリットとは認められるのです。で、ごらんなさい！――いやまばゆい灯が化粧レンガにてりはえた文化式というやつなんかじゃありません。みじかく切れた赤い棒や、細長くまいた褐色の蛇や、ドロドロにとけた橙色が、えたいのしれぬ紙や血ににじんだ綿にまじってざつぜんとしているあの辻便所のなか（！）をです。これは実際にたまりません。が、そのたまらなさに正比例してそこには、すべての古くさいセンチメンタリズムをぬきにした新らしい美が、沸ぜんとして醱酵をされ、ヒューチリストがたたえた大工場の歯車と急行機関車にも似た不遜さをもって吾々の心を打とうとしているではありませんか？――そう云えば、私は一ど次のようなことがあったのをおぼえています。

これは所謂辻便所ではありませんが、その豪胆不敵さはどんなにものすごいそれにも及ばなかったので、今だに辻便所へはいった私の頭にうかぶものです。二三年まえ、東京の本郷のある下宿屋でした。それは旅館のように立派な家で、便所なども他の洗面所や風呂場と同じく、板はスケーチングができるほどきれいで、すべての設備がととのえられていました。そして、そこに五つ六つならんだ大便所のなかもやはりきれいとして、さて問題は下方です。いやすべてのドアがそういうわけでなく、私のはいったのが不幸にしてそれに当ったのでしょう。でなければ、どんな物事に無頓着な人でもあれですませている道理がないし、そう云えばあのときふしぎにそこだけがあいていました。いささかも大げさな云い方でなく私はそのなかで目をまわしかけたのですからね。少し前から話しましょう。その下宿には私がいたのでなく友だちがいたのです。朝おそくでしたが、その友だちと一しょに出かけることになっていた私がそこを訪れて、彼がネクタイやカラをつけている間に便所へ行ったのです。と、日曜であったせいか、今も云った六つばかりあるドアがどれもこれも人でつまって、私は右からたしか二番目であったそのドアーへはいったのですが、はいったというよりも足を入れかけたとき私はとび出しました。とてもそのにおいがたえられるものじゃなかったからです。まあ何というひどさだ！……おどろいたとは云え最初はまずそれくらいのところでした。で、私は他のところがあくまでとしばらく待っていましたが、こんどはこちらの方がたまらなくなってきたので、もう一ぺんそこへはいることにしました。高が便所だ、そう思った私は、或る英雄のことさえ思いうかべて、云わば敵陣にものりこむつもりではいったのです。そんなつもりで私を迎えた便所は生れてそれが初めてでしたが、私には又かえって面白がるところもあって、で、まあ覚悟をきめて用達しにかかったのはいいが、さあそうなったら逃げるにも逃げられないその場の始末です。といって、只の便所のにおいだけならまあ我慢もしましょう。が、防臭剤もある、ヨードホルムもある、フォルマリンもある、イヒチオールもある、それから×××もある、△△△△もある……それが一しょくたになっていやはや何とも名状すべからざるものになって、下を見ると、いっぱい、もうすぐそばまでとどきそうになっている黒や褐や黄の固体や半流動体に、ホータイや、ガーゼや、紙や、さるまたのようなものが又一そう多くもり上って、それが便所の裏側からそこの板にあたっているおひる近い初夏の日光にむせかえって、ムーッ！　とするどい螺旋形にきりこんでくるのです。こうなれば息をつまえたって、強烈なシガーを吸ったって、鼻と口とを力いっぱいにおさえたって、それが何かの効果をあげると考えるのこそ笑止です。吐気をもよおすなどはまだまだ生やさしい下のクラスで、私は頭がクラクラとして全く気を失いかけたのです。今から考えてみると、あのときはいったのが、そんなふうなことに多少なりとも道楽気をもっている私でなかったら、きっと気絶をしたにちがいありません。前後を忘じかけた私は、それでも最善をつくして十秒あまりでとび出しましたが、いやものすごいの、おそろしいの、さっきも云ったように、以前にもなかったし今後とて絶対に出くわさないような代物で、それはつくづくあきれていた私に、何か人間の力を絶した或る威力のことさえ考え及ばせたほどです。そして、世俗的な種類をはるかに超えていたそれは、もう完全な芸術の世界にぞくしたものだ！　と、私は今も考えるなら、そのときも何か快心に近い笑をうかべながら思ってみたのです。

　で、あえてダダイズムやエキスプレショニズムの理論をひっぱり出さなくとも、こうした見方によっても、私は辻便所というものにはなかなかアップツーデートな美がふくまれていると思うのです。そして、これが別につけやきばの言葉でないことは、あなただってきょうにもあすにもその一つへはいってお考え――いや理窟じゃないんですから正直な心でおかんじになったらわかるだろうと考えます。きたないと云っても、それがみんな人間のからだから出たものと思えば、ときにそれくらいの同情をもっても決して損はしないはずです。まして、きたないなどはごく表面的のことだけで、こまかに観察をすると、その黄金のプールに往々にして高貴な、また高踏的なものさえ発見されるのですし、さらにそこがみだれていればみだれているだけ、わかりきった一軒の家にあるものより、一そうに空想の範囲がひろびろとして、それにともなう面白味もつきません。なぜかと云うのは、むろん、一つの字によってもそれをかいた人の性質がわかるとするなら、何よりも直接にその人自身から出たものであるそれらの固形や、液体や、半流動体や、合わしてはそれに加えられた紙片などに注意をはらうと、それぞれの人のそのときの様子が一そう親しくわかりもするし、おしては、その前後の事情から日常生活のこまごまに至るまでが察しられるはずで、――それはすでにお医者さまによって試みられつつあることだからです。こうした意味でことに興味がふかいのは、辻便所も盛り場とか公園にあるやつです。というのは、そうでなくても辻便所は盛り場に付随するかたむきをもっているのに、それがかくじつにそんな何物よりも人間性のほんとうを表明している享楽の所場にかかわっていたら、そこにはいろんな人が出入をしているからです。なかにはどんな場合にも共通便所などへはいらぬ人がいても、その貴族主義を裏切る生理的の急場によっては、致し方なくそこへもとびこまないとはかぎりません。してみると、そのしっくい塗りの小さい建物は、入りかわりさしかわり毎日迎えるきれいな人や、そうでない人や、おとなや、子供や、女や、男や、あらゆる色合を網羅することになって、そして、それらのいずれも享楽方面に関係をもっている人たちに統計をとって「美しいきものをきている」ということに代表されるような様子や、心持のものが多いとしたら、その活動写真街の一角にある便所は、現代の重要な方面を最もよく表現し、合わせては、今云ったその特有な美と空想の面白味という条件にも何よりかなっているではありませんか。もっと研究をすすめて、初めにもかいたとおり現今で吾々に許されたところと云えば、只一つそこだけで泣こうがつぶやこうが何の遠慮もない態度がとれるということから考えてみたらどうなりましょう？——平常のすましこみが、ちょっとふしぎなほど簡単に早変りをするそのときとところとで、何人も一ように出さなければならないのは、これは人間のからだのなかで最もデリケートであるとされているところです。——それは云うまでもなく、昔からあらゆる彫刻や絵画によって現わされんとした美の主眼点ともなり、又、或る権威ある美学者には、茶碗類の底の曲線、瓶、籠、壺、テーブルの脚、その他人間のつかうすべての用器に現われた原始人にも文明人にも共通したあるカーブというのも、つまりはそこを意味していると云われているところの部分です。すでにこれだけでも充分にノーブルな美の発生する意義がなり立つものを、さらにむき出しになったその部分が、あの青ペンキ塗のドア一枚をへだてたばかりであるいといみじき場所において、どういうふうにほしいままにつかわれているかを想像してみたら、ヴィナスの像に向って切ない胸のうちをのべた「春の目ざめ」のモーリッツのように、おおいをとられたそのヨシャバテの谷のやわらかな円味のあるところの極美に、あわれな僕の頭はとかされ日なたのバタのようになっちまう……ということはないにしても、いく分ときめいた胸に、ついすきまからのぞきたくなるというのは当然のことだし、ひいては、女が出たあとへはいって背中からぬき出したみじかい釣竿のさきで今の紙をひっかけあげる男、この間の新聞にでていた便所の下にひそんでいて上から女の人のなまあたたかい小便をひっかぶせてもらうことをよろこぶ人、又、ドイツ語で何というのか忘れたが訳語では尿素嗜好症という、女や少年のヨシャバテの谷へ口をあてて出てくるホットスプリングと硫黄のかたまりをたべたくて仕方がないという病気、それから大便に似せた餌によって釣るちぬ鯛、又、河童というへんにシンボリックな動物……そんな人々や生物の気持まで、もちろんそれがわかると云ったら気ちがいですが、ある程度まではどうかしたはずみにうなずけないこともないと云えるではないでしょうか？　そして、こう云う私は、決していたずらに奇矯な言葉を弄しているのでなく、只人々が見のがしている最も人間的な一事にあえて注意をうながそうという物好きをもっているだけにすぎないと、くり反してことわりたいのです。

　そこで辻便所といったら、ことにそこにある茶色の切れっぱしや紅い紙にまじってよく落ちている白い――いやなことですが、真実をのべるのに何のためらいが入りましょう――回虫を見たら、何かそれが出るときにおどろいて泣きそうにゆがんだ白い顔のことも思い合わされて、女より奇妙に美少年のことを聯想するというのは、私がその次にもって行きたいところなのです。

と云ったら、それや尤もじゃないかと、あなたはお笑いになるかも知れません。なるほど考えてみると、たしかにそういう関係もあるでしょう。月光のにおいのするこの国の耽美主義の一形式として、昔は優にある位置を占めていたこの特異な愛慾については、その便所という意味をとり入れたみやびやかな熟語さえも僧房の間につかわれていたと云いますから。そして、こう云う私だって、いわゆる秘密にさく青いムンデルブルーメの花をしのばす暗い放恣なアカデミカルライフの後半期には、次のような詩をかこうとしたことがあるのです。

　あるいている少年のうしろを見ると
　ズボンの上のところに
　Tの字のしわができて
　足をはこぶたびに┐になり┌になる
　そこにはエピキュラスの園と
　プラトン的の恍惚がある――

観察がするどいとおっしゃるのですか？　こんな大それた（?）述懐も、私にとっては何よりもピューアであったあのときのローマンチシズムのかたみの一つなのですよ。――が、さて、そんな方面はそうとして、もっとあたりまえの意味からでも、便所ことに辻便所は、私にとって少年のことを想わせるのに必然的な理由があるのです。というのは、或る歌詞をきくと、それをうたっていた頃のくさぐさがなつかしく思い出されるというのと同じ意味で、それによって私にはきっと、今のようなたわいもないものをかいた中学四五年生であったころがうかべられるのです。どういうわけかと云うと、同年頃でもないものを友だちにしていることには、きっとある意味の無理がはたらいています。だから、その時分の私が、目星をつけた下級生と話をしたり遊んだりするところと云えば、私が彼と同級生でないかぎり、そして自分がおとなに近く彼が子供であるなら、条件はきっとそれにふさわしいようなかたむきを取るのはごく自然のことです。ですから私たちが話をしたり遊んだりするところは、学校よりむしろ他の場所、――恋が遊戯と云ってもいいものなら恋人たちはまた遊戯的な場所をえらぶと同じわけに、それは主として公園とか活動写真とか夜店とかです。そういう歓楽の場所において共通便所というものが、どんな印象的な意義をもっているかはさっきものべました。そして、愛する者などといういたいけな存在と一しょに、その便所などの最も、――しかし否定することのできない人間の一面を示したきたならしいものを見たり、又、見せたりすることは、何となく不思議な快感をおぼえるものです。たしか瀧井さんの小説でしたが、夜妻君と二人で、自分がよく小便をする小路までかえってきた若い夫が、妻君にも無理にそこで立（？）小便をするようにすすめて、それを楽しみながら自分は見張りをしているというようなことがかいてありましたが、つまりあれです。あの気持で私は実際、その昔の幼ない享楽生活のおりおりに、自分のとなりで、まあこれでも小便をするのだろうかとふだん思っているようなおとなしい子供に小便をさせて、そのデリケートな音をたのしんだのは、あえて明るいシャンデリヤの下にうごかす銀いろのホークがはこばれて行く、その紅い口さきにほほ笑んだこととくらべて、いずれがいずれともきめられないほど法悦的なものだったのは、何のはばかるところもなく云い切れることなのです。

そういうもうかえらないかずかずを、淡いかなしみをまじえた心持で、今でも辻便所にはいると彷沸として思い出される私には、次のような一つがあります。

——それは、私がやはりキネマや楽器店に入りびたりになっていた五六年まえのことで、私はMというよその学校の生徒ですが、ちょっと混血児のような顔をした指のきれいな少年と友だちになりかかっていました。が、二人はまだ二三回より話をかわしたことはなく、そのほんの小さい坊ちゃんにである——しかしどこかにアブノーマルなところもある彼が、それでも私から特別の感情をあたえられていることを、気付くか気付かないかの頃でした。私にあうのには家よりもそこへ行った方が早道だと友だちに云われていたほど、私がお百度をふんでいたこの港の都会のムービイスツリートの横町に、石造りの今も云った辻便所があったのです。別にすさまじいというほどのものではありませんが、それでもずいぶんだらしなく放ちらかされた相当にひどい代物でした。——ちょっと気がついたから云いますが、その附近がにぎやかで美しいところであるのに反比例をして、そこの辻便所はきたないときまっているように思われるが、どうでしょう？　が、しかし私は、それは決して不調和でないのみか、むしろいよいよそうでなければならない対象であるということが、ある哲学上から云えるように考えるのです。ところで話はもとへかえって或る日です。ふいにその便所へはいった私が、いつもの場所にきめているセメントの区切りの一ばん左のはしで、ぶるるとふるえながら（これもさきにかくはずでしたが、あの小便をするときの身ぶるいは、そこへあわてておびこむ真剣味の次にくる忘我と合わして、只一つ便所においてのみ体験される快感の最高形式ではないでしょうか！）用を達しながらふとまえを見ると、目あたらしい一つの楽書が止ったのです。この辻便所のどこにどんなものがかいてあるかは自分の家のことのようにそらんじていた私は、むろんオヤと思ってよみ下したのです。片仮名で――

×××××××

これやめずらしいと私が、その七字から、それをかいた人物と時とを判断しようという好奇心を起したのは他でもありません。おきまりの女のことでなく、美少年に対することが現わされていたからです。が、よく見るとそれは一たいうまいのかまずいのかわからぬような折クギ式で、こんなことと云えば立ちどころに、たとえば「モルグ街の事件」をといたデュパン氏にも似た分析的技能によって云いあてててしまう私にも、ちょっと見当がつきかねました。しかしそんなことはどうでもいいとした私は、次に、それをこの上ないゴシップとして、あわせてそれを見つけた功績者は自分だとして、まあよろこび勇んだと云うような気持で、その晩、肩でおしたあかるい楽器店のガラス戸をはいるなり、コロンビヤのビラ画の下にもうもうとタバコをふかせていたグループにつげようとしたのです。――

こういうと何てバカだと云われるかしれませんが、その頃の私たちは、そんなことでないことこそほんとうにまどろっこしくバカげて、話にも出さなかったのです。――が、そのとたん
「あれをかいたのは君だろう！」

そういうするどいひと声が、「やあ」とも「おう」ともかわさぬうちに待っていたとばかり私にかぶせられたのです。あれが私の云おうとしたことだとはむろん直感的にわかったのです。

「知っていらっしゃるんですか？」

私が面くらってとい反したのは、先生と云ってる人です。といって学校の先生ではありません。何もしないで遊んでいる三十すぎのフランクな人で、女の話やムービィへ行く上からは友だちとちっともかわりなかったのです。それでいてやはり先生のようなところのある立派な紳士でしたから、私たちは半分は仇名、半分は尊敬の意味でそうよんでいました。

「知ってるともさ」ダンディなネクタイに大きな宝石ピンを光らせた先生は、そばに立てかけてあるセロの糸をはじきながら、

「あれはきのうまでなかったぜ。ああいうことをかく男というのはそういるものじゃない。これはどうしても君より他にないとにらんだがどうだ！　白状したまえ。それにあの場所は君のいつもやるところじゃないか？」

これこそデュパン氏そのものである先生は、その次に、スリッパがおいてあるところで、上ろうか

どうかをためらっていた少年の方をふり反りました。

「オイ君、……何とかくん、そうYちゃんか――」

　少年というのは初めに云ったMで、私についてきたのです。

「？」とふり向いた白い顔の方へ先生は笑いかけて、

「A館の横手の共通便所に面白い楽書があるんだ、君は知ってるかね――」

「いいえ」とMの首がよこにふられると、

「こんど行ったら見たまえ。こちらからはいって左のはしだ。それはこの男が君によませるためにかいたのだからね……」

「困るな」と私は云いました。

「困ったもあるものか！　××××××もらいたいなら正面からそうと男らしくたのめばいいじゃないか？　それに何ぞや、表面はプラトーンソクラテスの高潔をよそおいながら、かげにまわってあんな愚劣きわまる方法をとるなんて、君も衆道のたしなみある人生にも似合わぬ……」

　先生はどしどしこしらえるというよりも、口をついて出てくる言葉にのって、演説のような朗々さでのべ出しました。が、さらに輪をかけたのは、一たい何だ何だと云いかけたみんなに、この荒唐無稽癖のある先生は、大きな声であたりかまいなく原文までハッキリ広告して、しかもそれは私がかいたのにちがいないとくどいほどくり反したのです。しかし、どっとあがった歓声に合わして私も笑ったのは、先生を総司令においたこういう連中にむきになって対抗するだけ損だからです。こういう仲間は、それを自分で云いながら信じてもいなければ、といってあり得べからざることとも思っていない、つまりエレフのように手のつけられぬ存在だからです。と云いながらそういう私も、厳密な意味ではその一脈をくんでいないでもなく、したがって一方に、もしそういうことに気をうごかしたMがあれを見に行ったとしたら、案外話はうまくはこぶかもしれぬというような不了見を起さないではなかったので、みんなが笑うままに、やはり自分もつきそいらしく笑ったMの横顔をチラッとぬすみ見したものです。

と云ってことわっておきたいのは、その楽書は私にとって全く無関係のもので、かえってそう云う先生自身がかいたのじゃないかというふしがあったくらいです。半分西洋人のようなその物好きな紳士は実際そんなことをときどきやるので、私は一応そういうこともあの「物事の真相はかえって単純なところにひそんでいる」というオーギュスト・デュパン氏の見方によって考えてみたのです。——私がポオの三部作の探偵小説をよんで感心をしたのが、やはりそのころでしたから。

楽書は大へん目立って、そして、あられもないことがかかれているのに、次の日もその次の日も消されませんでした。同時には、先生も、会う人ごとにそれを告げて、私がかいたのだとつけ加えているということが耳にはいってきました。が、それは何とも致し方のない災難で、きく人だって先生のいつもの冗談との他まさかほんとうにしないだろうし、又実際それに相違ないじゃないかと、私も会う人ごとに弁解をつづけていたのです。一方便所の方は、あとから考えると、あれが修繕のために縄ばりをめぐらされるまで、およそ一年近い間もその楽書をとどめていたはずです。だからこう云えば、あのころのあの共通便所をしっている人はすぐに思い出してくれるかも知れません。それほど堂々と鮮明なものだったからです。そして、相かわらずほとんど毎日そこへはいっていた私は、又、毎日同じ角度のところにそれを見ていたのですが、そのたびに私はこのへんなことをかいた七字が、ここへはいる人たちにどんなことを思わせるかなと或る楽しみの気持で考えたものです。――なかにはさっぱり意味のとれぬ人もあるだろうな。××××何だろう？　お勝手元にあるあれをどうしたいというのかな。灰をさらうことかな……などと知らない小学生や、おとなでも考えるだろうな、――そして、もしここへ、十三四の、自分に対する年上の者や友だちの態度や話によって、それともなくそんな世界を知りかけているおとなしいきれいな男の子がきて、小便をしたら……

そんなことで二週間あまりすぎたでしょうか、ある夕方、れいのＭと一しょに、やかましい足音のするアスファルトの上をあるいてきた私は、その横路のむこうに見えた美しい色にそまった空とその下の山の姿に、ふいに思いついてこう云いかけました。

「君、あれを見たかい？」

「？………」

「あの便所の楽書さ」私は、青い電灯がともっているセメントの家を指さしました。

少年は首をよこにふりました。

「じゃ見てきたまえ。こちらからはいって左のはし、その前だよ――」

云いかけて、何か面白いことでも見るように気軽にとんで行った少年のうしろ姿を、私は或るあまりに健全だとは云われない（しかしなかなかいいものである）期待に、かるく胸をうたせながらながめていました。うしろの路には、灯をうけた人のながれが織るように大分かわりましたが、どうしてだか、五六秒で出てくるはずのMがでてきません。ついでに小便をしているのかなと思いました。が、あまりに長いので見に行こうとしたとき、出てきました。

「小便？」と云うとうなずいたので、つづけて
「どう見た――」

と、顔をのぞきこみながらといかけると、Mはちょっと笑って顔をそらすようにしました。

で、私は、うん、この工合なら……とさきに立ってあるき出したのですが、さて次の日、その楽書のとなりに、即ちさきのが正面ならこんどはその左がわのあまり目立たないところに、私は思いがけぬ一つを発見したのです。それはやはり片仮名でしかし一字多く、

×××××××

とあるのです。

しかも、上の三字からなった名詞と下の××という助動詞が同じで、只ちがっているまんなかの

三字によると、云うまでもないそれは、さきにかかれたものの要求にあえて応じようという意味になるではありませんか？――物好きなやつもいるんだなあと、そのいたづらの心理に笑いかけた私は、木炭で何のかまうところもなく大きくかきなぐった前者にくらべて、すみっこの方へ遠慮したようにエンピツでおぼつかなくかいた第二の句のかき主を考えようとして、ふいに、きのうのあの、自分が見ていたかぎりでは誰も他にはいっていなかったはずのここにおける、小便にしては時間が長すぎるようだったMの一点に気がついたのです。が、次の瞬間、ときめき出した胸のなかで「まさか！」と私はその勝手な幻想をはねのけました。いやいやあれには、たしかにそういうところもないとは云えぬ……と私は又その勝手な考えをとりもどそうともしました。そして、いろいろと考えたあげく、その晩Mに「僕は探偵をしようか？　君きのうエンピツをもっていなかった、四Bの――」と云いかけた――いやそう云いかけようとしたかどうかはもう別の話で、これだけでも大分云いすぎています。只、辻便所と少年との聯絡の一例として私の云いたい点は、楽書をよませにやって出てきた少年の笑い顔です。村山カイタの詩に、小さい女の子を呼んで△△△の画をかいてみせたら、バカねと云って女の子はぶちに手をあげながら、ふだんより一そうあでやかに笑ったというのがあったようですが、私は同じ種類の感動にそのとき打たれたのです。しかも、それはそのころの私の理論をもってして決して女の美ではない、もっと清らかで永遠的な、しかし「人間ってどこまでわるくできているのだとそのたびに私に思わせて、坊さんにでもなろうかとさせる」あのクラフトエービング的のチャーミングを加味したものだったのです。そしてそれが又、その粉のふいたような頬をうずめた緑色のマントの襟と、秋の夕べにともったこのムービィ街の云おうようもなくかなしい花やかなイルミネーションにアレンジされて、十八の私の心をこよなくあげたのです——と、くどいようですがつまり私はそれを云いたかったのです。

以上は私がこんどかこうとした「WC」という短篇の前がきにすぎません。私は最初に題材があまりかわっているため、それをよんだ人たちから自分に対してきっと云われるにちがいない見当ちがいを用心するために、ほんの五六行のことわりをしようとしたのが、こんなにゴタゴタしたエッセイとも小説ともつかぬものにまで長びいてしまったのです。しかしここに至って考えてみると、私がその短篇において表わそうとしたことは説明の形式ながら、すでにあらまし云われてしまったようであるし、又、その小説の主点がどうしても明らさまに発表が許される種類でないとも考え合わされる以上、その中学校の上級生のとき、通学の汽車（私は半年ばかりこの街を五六マイルへだてたところから通ったことがあるのです）のなかの、WCと白い字の出た、しかし一本の真鍮のせんによって明らかに外界と区切られるところのせまい箱のなかで起った唯美主義は一たいどうしたものであったか？　のべなくとも大方想像して下さることと思うのです。いや無理にそうきめて、私は、この発表はできぬしかし表現慾は打ちけされぬかかれない短篇「WC」をごまかすことにしたいのです。

虐殺されし首都

中西悟堂

眺界《ながめ》は　広広と虐殺されてゐる。
一望《みるかぎり》　焦土《やけつち》の都会の愁嘆《なげき》が渦巻いてゐる
赤錆び　瓦壊《こは》れ　寸断《ひきちぎ》られた凄惨《みじめ》な衢区《まちまち》に
失神した歩哨の如く
大建築の骸骨が残存《のこりちらば》つてゐる
その鉄筋の肋骨《あばら》は生命《いのち》を失つて曲歪《ゆが》み
裂旗《ちぎればた》の如く、僅かな壁片《かべのきれ》を纏着《ぶらさ》げてゐる。
あとは焼燼《やけつく》した石材　木材　煉瓦材　金属の
広展《ひろ》い広展《ひろ》い連畳《つらなり》と堆積《こやま》。
陰暗《くら》い空が落垂《ずりさが》つて
腥い風景は鈍色《にぶいろ》の海に続いてゐる。

これが吾吾の天刑に遭遇《あ》つた大都市である

群集の影絵を見よ
各人《おのおの》の姿勢は疲憊《つかれ》に萎縮《ちぢ》み恐怖《おそ》れに昂心つてゐる
痙攣《ひきつ》つた虚洞《うつろ》の建築のあたりを、焼原を
群集は怒れる霊のごとく蹣跚《ある》く。
弔問《とむらひ》の雨は湿湿《じめじめ》と降濺《ふりそそ》いで
焦げた電柱　遺留《とりのこ》された電車線路を蕭嬲《なぶ》り
惨死人の匂と　燻煙《くすぶり》は街衢《まちまち》に揺曳《たれこ》める
犯辱《はづかし》められた都景の中、焼原と泥濘《ぬかるみ》の中を横ぎる群集を
　見よ
悪疫を催蔓《もよほ》す重圧《おも》い空気に
彼等の眼膜《めのまく》は赤腫れ口は、箝口具《くちのわ》に閉されてゐる。
かなたなる橋梁——ありし日の華粧《つくり》は失《う》せて
焼残された恐像《おそ》ろしい鉄線《さびがね》が

乱裂《ずたずた》に空中を脅威《おびやか》す。
河水《かはみづ》は汚濁《にご》り　腐蝕《くさ》り
屍塊《しのかたまり》、船材《ふねのざい》、亜鉛屑《トタンくづ》、襤褸切《ぼろきれ》を濛濛《むらむら》と漂はせて
悲哭《かな》しげに、怨恨《うらめ》しげに
黝《くろず》んだ両岸《ふたつのきし》へ、焼けた橋杭へ、暗愁から戦慄へ
纏綿《よれよれ》と皺寄る。
運搬船、乗合機船は急設《にはかづくり》の発船所から
戦後の如き焦都の岸から岸へ
呻唸《うめ》き航行《はし》り、激情の哀れな群集を輸送《おく》る。
潜りゆく諸橋《はしばし》の陰には
震死人、焼死人の　幻めいた侘しい墓場の像がある
新らしい塔婆や香化《こうげ》は惨艶《むご》たらしい
これが吾吾の壊滅の都市の、僅かに優しい象徴《シムボル》である。

しかも見よ市民の強靭《つよ》い精神は
数多いバラックに点《とも》彩り、反撥《はねかへ》る。

悲惨《みじめ》な団欒《まどゐ》、会話《ものがたり》、生存《いきながらへ》がここに燃描《もえ》る
そしてバラックは覚醒《めざ》める町のごとく増建《ふ》えてゆく。
ああしかし、この悲壮な勝鬨の下には
怨乱《うらみ》の、嗟嘆《なげき》の、悲憊《いきどほり》の、激怖《おそれ》の、幾万の灰が敷かれ
髑髏、大腿骨、骨盤、肋骨の破片《かけら》が
黒焦げの指輪や銀貨と共に鋤出《すきだ》される。
そして私は見る。家族《やから》を失つた市民が
彼等の弔霊《とむらひ》のために
逝つた霊達の名を署誌《かきしる》した白旗を掲《さしあ》げて
棄遺《とりのこ》された身を崩れた衢央《まちなか》に立ててゐるのを。
これが吾吾の壊潰《つい》えた都市の挿画《さしゑ》である。

公園——ここは避難市民の部落
団欒《まどゐ》の歓語《むつごと》はどこへ消え失せたであらう
彼等の寥情《さびしいこころ》は愁訴《うつたへ》に痙攣《ひきつ》り
悲陰《かな》しい怒焔《いかり》に屈折《おれまが》つてゐる

華やいだ餐卓《めしのつくゑ》、部室装飾《へやかざり》、慰藉《なぐさめ》の品品は簒奪《うばひさ》られて
天幕を漏《も》洩るる惨風《むごいかぜ》や雨脚《あめのあし》が
彼等の心魂《たましひ》を鋸歯《ぎざぎざ》に刻裂《きざ》む。
ああ良夜《あたらよ》は　緑の樹蔭《こかげ》から、腥麗《なまぐさ》い花園《はなぞの》から
どんなにも彼等の慟哭《なげき》が月帛《つきのきれ》に纏綿《まつは》るであらう。
傷《いた》心める容貌《かほ》や混憒《みだ》れた憂悶《もだえ》の群団《かたまり》
着衣なき顫心の像が、乞食《ものごひ》が　倦怠《だる》い足を花園《はなぞの》に曳摺《ひきず》り
婦《おんな》達は廃残のニムフの如く、白昼《まひる》、雑沓《ひとごみ》の最中《ただなか》
その裸形を汚濁《よご》された池水《いけのみづ》に濯浴《あらひそそ》ぐ。
羞恥《はぢらひ》は　秩序《おきて》は　いまや旋風《つむぢ》の如く狂乱《みだれくる》ふ。
これが吾吾の屈辱《はぢし》められた都市の、騒怨の公園である。
ああ弔問《とむらひ》の雨は蕭条《きび》しく降濺《ふりそそ》ぐ。
劇場　散歩道　珈琲店《カフエー》　書肆《ほんのみせ》——凡ては灰塊《はひのかたまり》である
吾吾の郷都の凡ては灰塊《はひのかたまり》と　悪毒《わる》い空気と　恐怖《おそ》ろしい
死臭《しのにほひ》である

吾吾の訪問《たづ》ねる凡てのものは建築の骸棟《むくろ》と　死者の怨霊
　である
吾吾は　この惨雨《むごいあめ》の中を　鉛の如き泥濘《ぬかるみ》の中を
戦後の如き壊滅の中を
どう漂泊《さすら》へばよいのであらう
人皆は懐中《ふところ》に唯数片の貨幣《かね》を隠匿《かく》し、また無銭《かねなし》で
どこへ生存《いきながらへ》を続けに行くのであらう
爛爛《どろどろ》の焦灰《こげばい》を踏越えて、蒸《む》せる死屍《しかばね》の匂を掻潜《かいくぐ》つて
市民はただ呪咀《のろ》はれた生霊《いきれう》の如く右往左往《うろうろ》する。

ああ　潰崩《つい》え、赤錆び、裂断《ひきちぎ》られた衢区《まちまち》
眺界《ながめ》は広広と虐殺され
一望《みるかぎり》　焦土《やけつち》の都会の慟哭《なげき》が渦巻いてゐる。

（支鮮国境、露領沿海州附近を旅行中、九月一日の東京大震災の報を得。帝都を始め東海道沿線の諸

市諸町村悉く潰滅し、焼失し、加ふるに海嘯は遠く碓氷連嶺の麓に及び関東駿遠の諸県漠漠たる大海と化せりと聞き、在留邦人の驚愕失神その極に達せしもその報の全部を俄かに信ず可からず、遽遽然として第二報第三報を待つ者多し。余は即ち急遽釜山を経て帰国、幸ひにして前報の聊か誇伝なるを知りしも而かも前古未曾有の大惨害の状に茫然処すべきを知らず。帝都の大半は即ち烏有に帰し、行くところ是悉く焦土と廃墟、華麗なりし大都も哀れや一望の灰原となりぬ。この時震災を過ぐる月余、堅忍剛毅なる市民に依りて既にバラックの町の建設せられつつある一方、焦土よりは今尚累累たる震死人焼死人の白骨の掘出さるるを見る。）

屑屋

KMS

やぶれ服にやぶれ靴
竹籠を肩にかけ
竿秤《さおばかり》を手に持って
「屑払え」
「屑払え」と
赤塵湧き立つ
真夏の街路を
わめき歩く
俺は屑屋なんだ！

勝手口から　のっさりと入って

屑屋｜KMS

「屑払え」と
叫ぶ俺達は
破壊された連絡をつけ
同志の消息を語り
意志を伝達し
組織再建のために闘う
かくれた連絡員であり
秘密運送隊なんだ!!

ブルの野郎は
屑屋だとなめやがる
それでいいんだ
屑屋は「人間の屑」だとなめてる間に
ブルの奴を
この地球から根こそぎ「払い下げ」てしまう
赤い掃除人としての任務を

しっかりと果そう

荷車に　フルい物や（ブルいをつんだ気がするんだ）
「大事な物」を一杯とつんで
夕日の街路を
ビッショリ汗をかきながら
車を引ぱって行く俺達は
工場から帰る労働者の波の中に
いりこみつつ
偉大な明日《みょうにち》のための準備に
胸を躍らせる

塵

夢野久作

塵だ。塵だ。おもしろい、不可思議な、無量無辺の塵だ。

大空を藍色に見せ、夕日を黄金色に沈ませ、都大路の色硝子は曇って、文明の悲哀を匂わせる。

広大な塵の芸術だ。

深夜の十字街頭に音もなく立ち迷うて、何かの亡霊に取憑かれたかのように、くるくるくるくると闇黒の中に渦巻き込む塵の幾群れが見える。それはちょうど古い追憶の切れ目切れ目に、われともなく、われ自身を逃れ出して行く、くるしみの幾群れに見える。

モノスゴイ塵の象徴力である。


店の先に並んでいる、いじらしい果物たちの上から、その並んでいる事が罪悪であるかのように、白い塵がコッソリ蔽い冠さって来る。そのマン丸い、うるうるした瞳と新鮮な頬の輝やきを曇らせて、はかなくも白らけ渡った投影を仄めかす。ことさらに瓦斯の灯の青ざめ渡る夏の夜になると、それらの水々しい処女と、童貞たちの臍の中を、一つ一つ灰色の垢に埋めて、さもなくとも明け易い夜もすがらを、おのがじしに咽び歎かせるのだ。

意地の悪い、痛々しい塵の戯れではある。

塵は都会の哀詩である。

構い手の無い肺病娘のホツレ毛に引っかかって、見えるか見えないかに、わななきふるえつつ、夢うつつのように紅い紅い血を吐き続けさせ、旧教会のステインドグラスに這い付いて、ありがたいお説教の余韻を薄曇らせ、聖書の黒い表紙の手ざわりにザラめいては、祈る者の悲しみを、ためらわせる。

貴人の自動車を追いかけたあとで、すぐに乞食老爺の喘息に襲いかかり、さらに、病院のカアテンから忍び入って、患者が忘れて行ったヒヤシンスの萎れ花に寄りたかりいつの間にか応接間の油絵の額縁に沁みにじんで、美しい表情を疲れ弱らすかと思えば、又もや、遠い銀座の百貨店の前を慌ただしく走り過ぎて、めんくらった虚栄の横顔たちを、真剣な形に引き歪める。何という皮肉な塵の思い付きであろう。

塵は又、田園の挽歌だ。

ある時は、眼に見えぬ魂か何ぞのように、ズルズルズルと音を立てながら麦打ち場から舞い上って、地続きの廃業した瓦焼場から、これも夜逃げをした紺屋の藍干場へかけて狂いまわり、又は、森の中に立ちあらわれて、見る人も、聞く人もない淋しい、悲しい心を、落葉と共に渦巻き鳴らしつつ暗い木立の奥に迷い込んで行く。

又ある時は、お祭りの人ごみに立ちまじって、赤いゆもじの裾を染め、オモチャの笛をあわれみ詰まらせ、神木の肌を神さびさせ、仁王様の腕の古疵を疼き痛ませ、御神鏡の光を朧にした上に、伏しおがむ人々の睫毛までも白々としばたたかせて、昔ながらの迷信をいよいよ薄黒く、つまらなく曇らせる。

ガラ空きの旅人宿の真昼間からペコペコ三味線の音が洩れ出して来る。その門口に並んだ鳳仙花が風も無いのに乱れ落ちて、はかない紅白の花びらが、あとからあとから土の中に消え込んでゆく。その行く人も無い、長い、白い往来の途中から、思い出したように塵ホコリが立つ。続いて又一二個所……やがて往来一面の真白い塵ホコリが立ち上って、昔ながらの通りの屋根や柱を、一層、昔めいたものにしてしまう。

「新古御時計」と書いた看板の蔭に、怪しげな色の金銀細工、マガイ金剛石、猫目石、ルビー、サフエヤの類が、塵に蔽われたまま並んで光って居る。その奥の暗がりの中で、幾個かのチック、タックの音が、やはりホコリだらけの呼吸を断続させている。その片隅の壁の附け根に坐った蒼白い、痩せ細った禿頭が、軒先からためらい流れて来る長い長い昼さがりの片明りの中に、黒い拡大鏡を片眼に当てがいながら、チロチロとよろめく懐中時計のハラワタを、いつまでもいつまでも透かし覗いているのが、やがてコッソリと瞳をあげて、明るい往来を望み見る。

トタンに明るい往来一面にホコリが立つ。そのあとから乾燥し切った風が、黄色と黒のダンダラになって追いかけて行く。そのあとから白い紙キレや、藁屑や、提灯の底や、抜け毛の塊まりが、辷り転がって行く。それはちょうど普仏戦争のように、黄色い太陽の下を思い出し思い出し、追いつ追われつ、往きつ戻りつ、毎日毎日、日もすがら繰り返して止まぬ。そうして田舎の「時」を、どこまでもどこまでも無意味に、グングンと古び、白けさせて行く。

そうして、やがて夜になると、そうした塵の大群は、われもわれもと大空に匐い上って、都の光明を雲の上まで、高く高く吸い上げて、夜もすがらの大火事を幻想させる一方に、愚かしい山々や、森林の形を地平線上に浮き出させて、力無い、疲れ切った農民の眠りを見守らせているのだ。

塵は無形の偶像だ。

「金銀も宝石も皆塵となる」

「喜びも悲しみも皆塵となる」

と昔から云い伝えられて居る位だから……。

なるほど宗教も道徳も塵となった。

唯心も唯物も現在、塵となりつつ在る。

すべては、吾々の生命と共に、古ぼけたむせっぽい、時代の塵の下に消え込みつつ在る。ことによると塵こそ造物主の正体なのかも知れない。

塵よ。塵よ。

お前は一体何をしているのか。

喜劇をやっているのか、それとも悲劇をやって居るのか。デタラメなのか本気なのか。拍手しているのか嘲罵しているのか。

ナントまあ、渦巻き狂う塵だろう。

塵埃

埴原一亟

　昼過ぎになると、ぼつぼつ買出人が帰ってくる。それまでに片付けなければならないので、安どんは山のように積まれた古雑誌や紙屑のゴタの中で、せっせと縄でたばねていた。和紙と洋紙に分け、洋紙の中でも上質とザラとを撰分けて、大たい八貫目位ずつに、藁縄でくくるのである。ゴタを撰分けていると、甘酸っぱいすえたような、ときには黴臭い匂いとが、むっと鼻を突く、それもほとんど毎日の習慣で麻痺しているが、それでも、ときには強烈な悪臭が嘔吐を覚えさせるのであった。五十人あまりの買出人が買集めてきたこの辺一帯の住民の生活の体臭である。古雑誌、写真、手紙、証書、など、紙と名のつくものは、何んでもこのゴタの中にある。安どんは暇なときには、このゴタを撰分けながら、まるで人生の裏でも覗いているように、証書を見たり、手紙を読んだりするのであった。だが今日は忙しかったので、せっせと縄くくりをやっていた。

「台どん、そっちの手があいたら、このゴタを手伝ってくれ」

　安どんより三ツ年下で来年検査だと言う台どんは五尺一寸の小男であるが、横にぐっと筋肉が盛ってたくましい体軀は、このタテバの中でも有名だった。台どんはいましも空壜をゆわえてしまう所だった。

「ようし」

と太い声で返事をしながら、四本ずつ四角に十六本の壜を器用な手つきでゆわえてしまうと、「えい」と軽いかけ声をかけて、肩にかつぎ、かたえに堆高く積まれた空壜の上へのせると、安どんの方へ歩いていった。

ゴタ置場は十坪位の木造で二階建のしっかりした建物だった。その両側に袖のようにトタン塀をめぐらしたバラック建があって、左側には鉄屑や壊れた自転車などの金物類が積まれて、右手の方にはぼろ布や綿類が置かれてあった。ゴタ置場の入口に仕切用の台量《はかり》が一台と畳一枚位の大きい机とがあった。台どんはその机の上の帳簿に壜の数を記入すると安どんと一緒にゴタを撰分けはじめた。

「また忙しくなるなア、もう早速大掃除の時期だろ」

「ああそうだなア、俺は忙しいのはいいけれど、あの臭いのは厭だなア、大掃除のゴタときたら臭いからなあ」

台どんはそう言って、去年の秋の大掃除のときに、ゴタを撰分けていると、堪らなく臭いので変だと思いながら新聞紙の包を引き寄せると、まだ新らしい人糞が這入っていて、むっと鼻へきたので「臭いッ」と、台どんは飛跳ねて叫んだことがあったのを思い出した。勿論それは故意に入れたのではなくて、買出人が病人の家から古雑誌や新聞紙を買ってきたとき、間違えて病人のした糞の紙包を、屑紙と一緒に運んできたのであろう。

「あの去年の糞か、ハハハハハ」

安どんは笑いながら、ぎゅッとゴタを束ねた。

「でも、ゴタの撰分はたまにはいい事もあるねえ」

台どんは、そう言いながら、ずんぐりした体で八貫目のゴタをかつぎ北の窓際へ積み重ねた。

「その位の役得がなきゃア、誰がこんな商売なんかするものか」

安どんが言うと、二人はニッと微笑を浮べた。その、たまにはいいことがあると言うのは、去年の暮にゴタの中に十円札が一枚這入っていたので、二人でこっそり分けて正月の小遣にしてしまったことであった。その他に安どんは、古雑誌を何気なくパラパラとくっていると一枚の絵が落ちたので拾い上げて見ると、初めは何の絵であるか判らなかったが次の瞬間、顔をサッと赤めて、あたりを見廻してから素早く、ズボンのポケットへ入れてしまった。この絵はいまでも大切に札入の中にたたんで蔵っているのである。この位の役得がなきゃと安どんが言ったのは、この絵を指して言ったのであったが、台どんは金の方を思っていたのである。それから二人は暫く黙ったままゴタの縄くくりをやっていた。戸外は四月の太陽が花曇りにかすんで、風のない静かな春日であった。

「飯を食ってしまわないか」

安どんはまだ五十貫目位も残っているゴタを見ながら言うと、台どんは待ち構えていたように、

「買出さんが帰って来ないうちに喰ってしまおう」

と言ったかと思うと、ゴタ場から飛出して行った。安どんも一つ束ねて行こうとしたとき、ガラガラ車を引いて買出人が一人帰ってきた。呑兵衛の松さんである。

「畜生ッ、胸糞が悪いッ」

松さんはペッと地上に唾を吐いた。車の竹籠のなかには一升壜が四、五本と新聞紙が少しあるだけだった。

「松さん、今日は早いね」

「今日はもう止めだ、胸糞が悪くてしょうがねえ」

陽と酒にやけた赤銅色の顔に眼だけが大きく光って、喋舌るたびに歯糞だらけの黄色い歯が見えた。

「こんな胸糞の悪いこたアありゃしねえ」

松さんはいつもの様に酒臭い息を吐きながら、この胸糞の悪いわけを、しゃべりはじめた。それによると、松さんが毎日、流している住宅街に一軒の肺病の家があった。立派な門構えの大きな庭のあるお邸で、一度屑物を買ったときに、この家には病人がいるなと判った。三、四回屑物の御用をききに行っている間に、ここの奥さんが肺病で、可成り悪いことがわかった。ここから出る屑物は、クレゾールの匂いの強いボロや、肺病の薬瓶なのである。そして近所の噂では、もう医者に見放されてい

るのだと言うことを聞きこんだ。松さんはこのお邸を当にして、この辺を毎日流していた。畜生ッ、あの肺病、まだくたばらんのかな、途中の酒屋でコップ酒を一杯ひっかけると、無意識のうちにそんなつぶやきが出るのだった。ところが今朝、そのお邸の近くを流していると、向うから車に山のように積んで、朝鮮人の屑屋がきた。この朝鮮人はここの建場の買出人ではなかったが、すれちがったとき、松さんは、

「いい買物したなア」

と声をかけた瞬間、クレゾールの匂いがプンと鼻へきたので、はっとした。驚いて朝鮮人の車の上を見ると、藁蒲団や絹の掛蒲団などが一ぱい積んである。

「いや、タメてすよ」

朝鮮人はそう言いながら行き過ぎてしまうのを暫く見送ってから、あわてて、当にして居たお邸へ急いで行った。表の門はかたく閉って、ひっそりしている。裏へまわり、裏木戸の戸を開けると、消毒薬の匂いが強く、なんとなくあわただしい気配が感じられた。矢張り死んだのだなと思いながら、

「何かお払いものありませんか」

勝手口の戸をあけて、首をぬっと出すと、

「何んにもないわ」

女中らしい声がしたが姿は見せなかった。

「ボロでも何んでもいいですけれど、ありませんか」

松さんは念を押して訊いた。

「何んにもないわ、もう売ってしまったあとよ」

女中の声をきいても、暫く立ち去れないで木戸口の所でぼんやり佇んでいた。「畜生ッ、あの朝鮮の野郎みんな持って行きゃがった」ペッと唾を吐くと、憎々しげに空を見上げてから車を引いて行った。松さんはどう考えても口惜しかったのである。あの朝鮮がくやしいのではない、今まで長い間、ねらっていたのにと思うと、あきらめきれない口惜しさが誰にともなく湧いてくるのであった。そして、また空を見上げて、ペッと唾を吐いた。今日は駄目だとつぶやくと、タテバへ引上げてきたのである。

「松さん、そんなにくさるなよ」

安どんはそう言いながらも、手の方は算盤をはじいて、

「新聞が一貫三百と壜が四本と…………はい、八十八銭の仕切りだ」

伝票を書いて渡すと、松さんはそれを受取りながら、

「俺あ今日は、もう休みだ」

と言って、ゴタ置場の二階へ上って行った。ここの二階は新聞紙の、のし場になっていて、七人の女が、古新聞を一枚一枚のしているのである。三方に高窓が明いて土蔵倉の感じがするこの二階は乾

燥して埃臭かった。七人の女はコの字型に座って、一貫目二銭ののし代をせっせと稼いでいるので手先は非常に敏捷である。それでいて、口先も手先にまけないお喋舌をまくしたて、笑ったりしていた。慣習運動をくりかえしているので、どんなにしゃべっても手の方はおろそかにならないのだろう。一日どんなに早くやっても三十貫目ぐらいがせいぜいで、決していい内職ではないが、誰でも出来る単純な仕事なので、買出人のお神さんや、娘などが来ているのであった。松さんのお神さんも、ここで働いている古株の一人だった。

「加藤さん、御亭主のお迎えだよ」

階段を背にして、紙をのしていた松さんのお神さんは、そう言われたので、急いで後をふりかえって見た。すると階段のところで松さんが首だけを出していたので、

「なんだね、そんな所で首なんか突出して」

と太い声で呶鳴ったので、他のお神さん連は、どっと笑った。松さんは驚いたのか、あわてて首を引込めたが、またすぐ首を突出して、

「お前、少し銭を持ってねえか」

と言った。

「ぜになんかあるもんかね、今朝、電気屋が取りにきたって、今日なんかありゃしないから明後日とりに来いって追払ったんだもん。それよりお前さん銭なんかどうするんだね、また呑むんだろう。そ

れとも親方の借銭を呑んでしまったんじゃないかい。」

「なんぼ俺だって借銭に手を付けるもんか、だから二分（五十銭）ばかり借してくれ、明日になりゃ返えすよ」

「いやだよ、お前さんは借りたって、返えしたことなんて一度もありゃしないじゃないか」

松さんのお神さんは、しゃべりながらも手は寸分も休めずに新聞紙を一枚一枚すばやくのしていった。

「ほんとうに返えすから貸してくれ、俺は今日は日が悪くて駄目なんだから」

「しょうがないねえ」

お神さんは前掛のカクシから五十銭玉一つ出すと、ころがすように投げた。こんなことで手を休めるのは勿体ないと言った風に、また急いでのし初めた。

「お神さんも亭主にゃ甘いもんだね」

この内職仲間のうちで一番年上のお付婆さんが悲鳴のような声をあげて言ったので、また一同はどっと笑った。その笑声をききながら松さんは素早く五十銭玉を握ると、急いで階段を降りて行った。

仕切場には誰も居なく、森閑として、太陽がどんより眠むそうな光を地上に落としている。ゴタ置場から三十間位離れて母屋があり、そこに事務所があった。松さんは事務所へ這入って行ったが、そこには誰も居ないで、奥座敷で昼食をしているらしかった。

「済みません、一つお願いします」

松さんが言うと、この市ヶ谷建場の親方、市ヶ谷三造が両手で口元を拭きながら出てきた。三十七、八の骨格の逞しい男である。松さんから伝票を受取ると、

「ただの八十八銭かね。でも、まあ昼からうんと稼げらあね……」

そう言いながら金を金盆にのせてくれた。

「へえ」

松さんはぺこんと頭を下げて、その金を受取り、

「どうも、今日は日が悪くて駄目だ。朝から大きな的をはずしちゃってね、胸糞が悪くてしょうがねえから、今日は屑屋をやめだ」

ペッと唾を土間に吐くと、足で踏みながら、

「じゃ、借銭を取って下さい」

と言い、五十銭銀貨を六枚、帳場台の上へ並べた。

「なんだ、もう休みかい、馬鹿に豪勢だねえ、また呑むんだろう、あんまり呑むと働きもんの神さんから罰を受けるよ」

「へへへへへ、済みません、また明日お願いします。」

松さんは丁寧に頭を下げた。借銭は朝仕事に出かける前に資金として借りて行って、夕方返えすの

で利息はつかなかった。が借銭することは買出人仲間では軽蔑の眼で見られているのである。だが松さんはどうしても借銭しなければ駄目だった。金さえあれば、みんな呑んでしまうので、それは全く理性を超越した病的なものであった。今も借銭の三円を払ってしまうと儲けの三十二銭しかないので、お神さんから五十銭玉をねだってきたのである。

八十二銭の自分の金を握ると、伊勢源で半日ねばって呑めると思うと、松さんはうきうきして、市ヶ谷建場の門を出て行った。

松さんが門を出たとき、半島人の朴さんが新聞紙を車一パイに積んで戻ってきた。百貫近くも積んでいるのだろう、大きな体に満身の力を入れて、前こごみに引張っている。額には玉の汗が流れて、背中のシャツもびっしょり濡れている。

「朴さん、すげえ買物だなア」

松さんは、背中の汗に言葉をなげて行った。朴はそれに返事を言う呼吸のゆとりもなく歯を喰いしばり、もう一と息と踏張っていた。やっと仕切場まで引いてくると、投げ出すように車を置いて、よろよろっと、よろめいた。そして深い呼吸をした。暫く休んでから新聞紙を車から降していると、安どんが昼飯を終えて母屋から出てきた。

「朴さん、馬鹿に新聞を買ってきたな」

「まだ、あるんだよ、皆んなで三百貫買ったんだから」

「じゃ、今日は儲ったね」

「バカ、儲るもんか、入札して買ってきたんだもん、儲かるもんか」

朴はむきになって言った。むきになって言うほど、それほど率の悪い儲からない買物なのである。これはこの板橋区にある商事商会の払物で、七人の屑屋を呼んで入札して払下げたのであった。こんな相場の決った新聞を入札するなんて全く率の悪い買物である。市ヶ谷建場の仕切りは一貫目四十八銭であった。だが朴は他の屑屋に取られるのが惜しかった。俺はどの屑屋にだって負けないぞと言う信条を保っていたかったのである。日本人の屑屋を圧倒するには高く買うより手段がなかった。半島人と言う引け目と、言語の不自由さとの重荷を負わされて競争するには、一銭でも高く買うと言うより他に道はないのだ、朴はそう信じていたのである。一、二貫ならいつも四十銭で買っていたが、今の入札では、とても八銭は儲けられない。朴は入札者の四人の日本人と二人の半島人の顔を見廻わして、躊躇した。四十五銭にしよう、いや駄目だ。二銭五厘儲けて四十五銭五厘がいい、それでも三百貫で七円五十銭の儲けだ。一日の日当になる。開札の結果朴に落札したのである。二番が五厘違いで矢張り半島人だった。三百貫を百三十六円五十銭で買って、七円五十銭の儲けである。全く率の合わない買物であった。それでも自分に落札したことは嬉しく、腹巻の奥から幾重にも包んだ財布を出してその金額を支払った。

「また、運んできます」

朴は新聞を降してしまうと、再び空車を引いて出て行った。

安どんは一人になると、山の様に積まれた新聞を台量《はかり》で計って、背後の黒板へ八十九貫と記した。そしてから、またその新聞をゴタ置場の一方の空いている隅へ積みかさねていたとき、中新《なかしん》さんが帰ってきた。車の籠にはボロ切れと醤油樽が這入っている。

「どうも俺は朝鮮が苦手だよ」

中新は車を止めると、吐出すように言った。

「どうしてね」

安どんが訊くと、

「どうしてって、朝鮮はどうも屑屋と言う仕事を知らねえからなあ」

中新は、今日、朴と一緒に新聞の入札をしたのであった。中新に言わせると、あんな値で落札することは屑屋道に反するのも甚しいと言うのである。屑屋と言うものはもともと人間の敗残者が、つまり人間の屑がやる仕事であって、まともな職業じゃない。どんな人間だって、初めから好んで屑屋を希望してやるのではない。生活に破れて、どうにもならない人間が、人生への希望を失って落ち込んでくるか、または、もう一度浮び上ろうと、最後の足掻場として落ちてくる溜場である。そして、浮び上ろう、浮び上ろうと、藻掻きながら、この職業の暢気さと、気儘な放浪性に慣されて、いつの間にか、この溜場から抜け出せない人間になっているのである。それでいて、浮び上ろうとする人生への希望は捨てきれずに夢を描いている種類の人間なのである。そんな風な種類の人間だけに、屑物を買う値段も全く出鱈目に近いものであった。どうせ生活の排泄物を整理する汚い、卑しい仕事なのだから、儲け位は沢山儲けなければ割が合わない。中新ばかりでなく、日本人の屑屋は誰でも、そう考え、また、そう感じていたのである。

ところが半島人の屑屋は日本人の屑屋と全く考えが反していた。彼等は屑屋を将来性のある正しい職業として認めて、その中から希望をいだいていたのである。つまり彼等は屑屋と言う職業に希望の一歩を踏みしめているのであるが、日本人は敗残者の溜場として、これを職業視しないのであった。この職業では二つの民族の間に、敗れる者と、勝つ者との溝が劃然として居たのであった。

百三十六円五十銭の仕入れで、三百貫の運搬と言う大きな労力を費して、七円五十銭の儲けは、とても日本人の屑屋には出来ない馬鹿げた商売であった。

「馬鹿らしい、一貫目で二銭五厘の商売するぐれえなら、誰が、こんな汚い屑屋なんかするもんか、なあ、そうだろう、安どん」

「でもしょうがないさ、政府でも廃品回収運動って騒いでるんだから、売る人の方に抜目がなくなってきたんだよ」

「だから入札にしたっていいさ、だが四十八銭の仕切を四十五銭五厘とは酷いじゃないか、今日の東京××新聞の家庭欄にだって、新聞は三十八銭と出ているもんな」

中新は腹巻から大きな財布を出し、その中から新聞の切抜きを出して、安どんに見せた。安どんはそれを見むきもしないで、

「ボロは大ボロだね、それと醤油樽か」

と言いながら、ボロを台量で計り、帳簿に記入した。

「これだけかね」

「いや、まだあるよ」

中新は竹籠の底から、新聞紙の包を出してひろげた。絵具や歯みがきのチューブが五十位も出てきた。

「やあ、すごい買物だね」

「馬鹿言え、一ヶ月も貯めて置いたんだ」

チューブは少ない割に、いい値になるので、二ツ三ツと買う度にかくしの中に蔵って置き、家へ持ち帰って、溜めて置くのであった。そして一ヶ月の末頃には、いつの間にか家賃ぐらい溜るので、それを家賃の支払いに当てていた。中新がこんな風にまめになったのも、つい最近、三度目のお神さんを貰ってからである。名古屋在の酒屋の息子に生れて検査までは両親の元で呑気に育ったが、家に居た年上の女中と一緒に飛出してから、転々と職業をかえ、株屋の外交から保険の勧誘員や、無尽会社の集金などをやり、相手の女には料理屋の仲居などをやらせて、一張羅の立派な洋服は着ていてもい

つも、貧乏から抜けられなかった。女が肺を患って、寝込むようになったときには、さすがに心配して、金の具面をするため名古屋の両親の元へ詫びながら帰って行った。両親は老いて、いたいたしく眼に映ったので先天的な派手気から困っているとは言えず、新しい事業を初めたからと、外交で馴れた口先で、父を口説いて三百円の金を握ってきたのであった。ところが家へ帰ってくると肺病の女は口から吐いた血で、血まみれになって虫の息だった。苦しさのためヤコブのように暴れたのだろう、床から離れて、のたうち廻っていた様子が座敷一ぱいに漲っていた。そして間もなく死んでしまった。

三十四で二度目の結婚をした。その頃は、中新の生活も楽だった。あやしげな会社ではあるが無尽会社を設立して、自分も重役の一員に加っていた。事業欲の野望から会社の金を、ほとんど使込み、詐欺横領罪で三年の体刑を受けた。前科一犯の刻印を捺されて世の中に出たときには、女給上りの妻は居なかった。その女にも魅力はなくなり、肉体的の精力もなく、出所してから、事業欲への野望も全く消耗して、貧乏長屋の裏店に、一年間位はただぶらぶらしていた。何をやるのも面倒臭く、空腹になっても飯を喰うことさえも億劫になった。隣家の人のいい屑屋のお神さんは「中新さんは、背中に、むすびがくくりつけてあってもそれを取るのが面倒で餓死するような人だ」と言った。五年前に中新が屑屋を始めたのは、隣家のそのお神さんの世話だったのである。

「ええと、チューブが一貫七百で七円十五銭」

安どんは目方を計って、伝票へ記入した。それから算盤をはじいて、

「しめて、八円四十二銭なり」

複写伝票に記入すると、その一枚を切って中新に渡した。

「へい、ありがとう」

中新は、その伝票を受取ると、母屋の事務所の方へ行った。

事務所では親方が帳簿を堆高く積んだ机のわきで烟草を吸っていた。盲縞の木綿の着物に角帯をしめ、紺サージの前掛けをしているこの親方は、骨格のたくましい割に愛嬌のある子供らしい顔をしていた。相当の苦労をしてきたと言うのにそんな影は顔のどこにも見えない。去年の暮だったか、故買の件で四十日ばかり留置されたことがあったが、そのときでさえも、少しも窶れを見せず、にこにこして戻ってきた。精神的な苦悩でもこのたくましい肉体を犯すことは出来ないのか、それとも肉体と同じような逞しい精神を持っていたのかもしれない。

「お願いします」

中新は伝票を渡した。親方はその伝票をちょっと見て、

「八円と四十二銭かね」

と言って金を渡してくれた。

「へい、どうも有りがとう」

金を受取ると、中新は上りはなに腰を下して、そこに出ていた急須から茶を注いで一息にぐっと呑

んだ。

「どうも戦争になってから仕事がやりにくくてしょうがねえや」

「廃品献納運動もいいけど直接、政府へ献納されてしまっちゃ、屑屋の咽喉を締めるようなもんだな、ハハハハ」

「まあ非常時だから献納もいいさ、でも売る方がだんだん細《こまか》くなって、やりにくいよ。今日も、或るお屋敷で屑屋さん、屑屋さんて呼ぶから行って見たら、どうだね、缶詰の空缶を六つばかりと湯たんぽのこわれたの二つ出して、これ幾ら位になる、あまり安ければ、廃品献納にやってしまう、て言うんだからね、あきれて物が言えねえや」

そんな話をしていたとき、五十位の体の小さい前かがみの貧相な男が、迷猫のように這入ってきた。メリヤスのシャツの上によれよれの黒い洋服を着て、その服には、ボタンもなくなっていた。足には親指のとび出たズックの靴をはいていた。親方がその男の方へ視線をなげると、黒服の男は待ちかまえていた風に、

「あのう、お願いします」

と言って、暫く次の言葉が出なかった。

「なんだ」

「私も屑屋をやりてんです」

「初めてかね」

「へえ」

黒服が中新の隣へ腰を下したので、中新はジロリとその男の顔をさげすむ様な眼で見はった。その、さげすむ眼の中には、相手の男を警戒する光がひそんでいた。親方は名前と年齢と住所を訊くと、

「じゃ、やってみねえ、秤と籠は貸してやるが、資金は持ってるかね、初めは資金は貸さねえんだが」

「へえ、金は一円八十銭ばかり持ってます」

梅田音平と言うこの男はズボンのポケットから白い紙に包んだ金を披いて見せた。

「それだけ有りゃいいや、若し沢山買物があったときは言いに来れば何んとかしてやるから、だが初めは何んでもツブシ値で買わなきゃ駄目だぞ、なまじっか生きで買ったら損をするからな、じゃあ、向うの奥に番頭が居るから、相場を良く聞いて、これからやって見ねえ」

そう言って、買出人組合員の緑色の腕章を出してくれたので梅田音平は親方と中新に頭を下げて奥の仕切場へ行った。その後姿を眺めながら中新は五年前にいやいや乍ら屑屋を始めた当時を思い出し、やっぱり俺は屑屋をやって良かったと言う幸福感が胸にせまってくるのであった。

「どれ飯でも喰いに行こうかな」

中新は建場から出て行った。

建場の親方、市ヶ谷三造はこの事変以来、恐しいほど儲かるので、ほくほくの笑顔だった。こんな好景気は震災以来のことである。今日、買出人から買ったものは、明日には二、三割の高価になり、相場は刻々と昂ってゆくばかりだったので、売らずに持っていさえすれば儲って行った。買出人からの買入れを一割値上げすれば、明日には三割上っているのである。それは恐しいほどだった。それでいて買出人の方は、今日買ったものは今日の相場で売ってしまうので、そんなに儲からないのである。持ちこたえる資力のないのと一日流して、二、三円程度の買入れでは、儲けの率は多くても、知れたものである。また屑屋の良さは、今日買った物を今日売って儲ける所にあるので、持ち耐えることは、それがどんなに儲っても、しないのであった。ところが親方の方は資力と五十数人の数とに依って沢山の儲けを産んでゆくのである。買出人が多いことは、それだけ多く儲るので、屑屋になりたいと希望してくる者があれば、梅田音平の様にすぐ許してしまうのである。そして警察署公認の買出人組会員の腕章を交附するのであった。また買出人の方でも、この親方にわたりを着けていれば、体一つで喰いはぐれはないのである。体一つ持って行けば喰いはぐれのない、この気持が、向上心を麻痺させ、放浪癖にひきずり込むのであった。

安どんは残りのゴタを束ねていた。そこへ黒服の男がキョロキョロしながら近寄ってきて、丁寧に頭を下げた。

「屑屋をやりてんだが、おねげぇします」

と言って、今貰ってきたばかりの緑色の腕章を見せた。

「相場はそこに書いてあるから、見なよ、道具は持って無いのかね」

安どんは仕切場の後の戸棚から秤を出して渡した。

「籠はそこにあるから、どれでも持って行っていいよ」

とゴタ置場の隅を指した。梅田音平は不器用な手つきで、籠と秤を持ったが、それをどう持てばいいのか、暫くまごついていたがやっと、左肩に籠をかけた。

「誰か知ってる人でも、ここに居るのかね」

「いいえ」

「それじゃ大変だね、初めは慣れた買出さんと一緒に行くと楽だがな、なんでも初めは、クズイ……と言う声が出ないそうだよ」

「へえ、やってみましょう」

音平はニヤッと笑って、そう言った。相場さえ判れば一人で、やれそうな気がした。そして黙ったまま、黒板の相場を長い時間かかって紙に書いてしまうと、

「じゃ、行ってきます」

と、前かがみの体に籠をかついで出て行った。腰のあたりで籠が踊っている。その格構がおかしい

ので台どんは声を上げて笑った。

ゴタを束ね終ってしまうと、安どんには一時の暇があったが、それも、やがて忙しくなる前ぶれの静かさだった。やがて帰ってくる買出人の仕切を待っていればいいのである。

安どんは仕切場の机に向って腰かけて休んでいると、台どんはゴタ置場の傍の新聞紙の上に寝そべった。

「ああッ、俺はこんな商売いやになった、なんだって親父はこんな所へ年期奉公に入れたんだろうな、あと一年か、長いなア」

「いい商売じゃないか、うんと儲って」

「俺は厭だよ、どんなに儲かったって、こんな汚い商売なんか」

台どんは、心からこの商売が厭だった。どんな病人が払い出したか判らない屑の中で働くなんて全くたまらないことだ。台どんには安どんがこんな仕事に一生懸命になっている気持がどうしても理解できなかった。俺なんか年期が明けたら、さっさと、こんな処を飛出してしまう。そして職工でもいいから大きな会社へ務めた方が、ずっと世の中が明るくて美しい。こんな屑屋なんか、失敗したときに落ちてくればいいのだ。台どんは考えるほど、こんな処へ奉公に出した親父がうらめしかった。安どんはこの商売がどんなに、ボロイ儲けであるかを毎日見ているので、近いうちに独立する日を楽しみに働いていた。汚い中をくぐらなければボロイ儲けは出来ないと言う考えが、この頃では、この汚い屑の山が、宝の山のように美しく見えてきたのである。従って、買出さんが買ってきた古着や、ボロ切れを見ると、こんな古着はどんな病人が出したのだろうと考えるよりも、これは素晴しくいい儲物だと言う気持から抱きつくようにかかえて、自分が着てみたりするのである。安どんには総ての屑物が美しく見えた。重い車の軋む音がして、朴さんがまた新聞を積んで戻ってきた。

「ああ、くたびれた」

汗びっしょりのまま、新聞を下してしまうと、

「もう一回運んでくる」

と休まず空車を引いて出て行った。

「朴さんは良く働くな」

寝ころがったまま台どんは誰にともなく、

「あんなに働いても屑屋は屑屋だ」

と言った。そして、さて壜でも片付けようかなと起き上ったとき、買出さんが帰ってきた。

「今日は、すごい別嬪を見ちゃって、もう仕事なんか出来ねえから帰ってきた」

源さんは仕切場へくると、真面目な顔をして、そう言った。酒は一滴も呑まないくせに、いつも酔っているような、どんよりした鈍い眼をしていた。二十の娘と二人暮の源さんは、呑気者だった。

二、三ヶ月前まで、源さんが車を引いて街を流していると、車の後には、その娘が従いていていて、父娘

の屑屋で通っていたが、最近娘は工場へ務めてしまったので、源さん一人になり、真面目くさった剽軽者であった。先ず車から屑物を手順よく下すのである。新聞とゴタを別にして、空壜は空壜、ボロはボロと仕分けてから、

「安どん、頼むよ」

と言った。そして新聞を台秤の上に載せて目方をかけると、安どんは伝票に記入した。

「ゴタが二貫三百」

「はい」

「お次は大ボロが六百」

「はい」

「お次は鉄が一貫八百」

「はい」

安どんは台量の目もりを見ながら記入して行くのである。

「次はセルの着物だ、今日中のオショクだが、いくらで買うね」

安どんは手に取って、古着屋がやるように馴れた手つきで裏表を調べ、

「やあ、虫が喰ってるね」

「これっぱかり何んだい、下前じゃないか」

「こう虫が喰ってちゃ、一両三分（一円七十五銭）だね」

「馬鹿言え、それじゃ駄目だ。買値にならねえ」

「虫喰いが無きゃ、三両で買うがな」

「馬鹿ッ、虫喰いが無きゃ五両で売れらあね」

「じゃ二両で買っとこ」

「二両二分（二円五十銭）まで買って呉れ、それでなきゃ娘に着せるわ」

源さんは、あくまで頑張った。

「とても買えないよ、じゃ親方に訊いて見なよ」

この場合、親方に訊いても無駄である。親方はいつも安どんのつけ値に味方するのであった。少し位相場が違っていても、安どんの信用を買出人達に示す為に安どんの言葉に同意するのである。買出人は慣れていたので、余程の違いでなければ親方の処には相談に行かなかった。源さんも、長く頑張った末、二円三十銭で話が決った。その間に、台どんは源さんの空壜を計算して、

「源さんの壜が一円十三銭七厘」

と怒鳴った。すると、安どんは、それを伝票に記入した。そして合計を計算しているとき、六さんと尾形の二人が籠をかついで帰ってきた。六さんの籠の中には古雑誌や古靴が這入っていたのに尾形の籠は空っぽだった。

「あ、あ、今日はあぶれた、朝から今まで歩いて一銭も買えねんだから酷いや」

と安どんに言ったが、安どんは黙ったまま、源さんの伝票の合計をして、

「はい、源さん、五円七十銭」

と言って伝票を渡した。源さんはそれを受取りながらぺこんと頭を下げた。

「源さん、今日は儲けたらしいね」

額に三ヶ月形の傷痕のある尾形が言った。

「いや駄目だよ、ちっとも儲らんで、尾形さんは一銭も買わんのか、そりゃ酷いね、どこを流したんだね」

「芳聖園の住宅街を流したんだが、駄目だった」

尾形と源さんが、こんな話をしている間に六さんは仕切りを済した。ゴタ置場と鉄屑置場との間に六尺位の腰掛けがあるので、六さんはそこへ腰掛けて、烟草を吸いながら、

「尾形さん、目びきをやらないか」

と言うと、源さんがどんよりした眼を開いて「よし、やろう」と言って腰掛けのそばへ来た。尾形もきて、三人が集まると、二階の婆さんも入れてやろう、と源さんは言いながら、ゴタ置場へ這入って行った。そして二階へ登る階段の下で、

「お竹さん、目びきが始まるぞ」

と怒鳴ると、二階から「はいよ」と威勢のいいかん高い声がして、お竹婆さんが降りてきた。

「お竹さんも好きだね、ハハハハ」

「目びきと聴いちゃ、新聞なんかのして居られないわ」

六さん、尾形、源さん、お竹婆さんの四人が、どんよりした西陽の射す腰掛けの処に集った。目びきとは屑屋仲間でよくやる賭博である。この建場の中に転っている鉄屑でも、古靴でも何でも構わず一つを持ってきて各自がその目方を当てるのである。そして、最も近い目方を当てた者が賭けた金を取るのである。賭金は大抵二、三十銭位であった。

「これで、二十銭でいこう」

六さんは鉄屑の中から首の潰れた鋳物の大黒を拾ってきた。

「よし」

源さんは、その大黒を右の掌に載せて、四、五回上下に振ってから、

「五百目はねえな、四百六十匁といこう」

そして、お竹婆さんに渡した。お竹婆さんは、ちょっと持つと、その初めの直感で、

「五百二十匁だね、私しゃ」

尾形は暫く、右手で持ったり、左手で持ったりしてから、

「四百九十だ」

と言ったが、すぐ取消して、

「五百ちょっきりだ」

と言った。そのとき安どんが近寄ってきて俺も入れてくれと仲間に這入った。

「五百五十匁あるな」

安どんはそう言って、最後に六さんに渡した。

「そんなにあるもんか、四百七十だ」

六さんは、きっぱりと自信をもって言うのである。するとお竹婆さんは、おや、そうかねと再び掌に載せて、

「じゃ私は十匁へらして、五百十だね」

それから五人は仕切台の秤の方へ行き、机の上の二貫目秤で計った。五人の眼は鋭く光って、秤の目盛りを見張った。その時の彼等の顔は全く真剣だった。目盛りは四百九十五匁を指した。

「畜生ウ」

「ほれ見ろ、俺だぞ」

尾形の額の傷痕がゆれた。

「どうも仕事にあぶれたと思ったら、こんな処で儲けた。」

尾形はにこにこ笑って、皆から二十銭ずつ取った。

「よし、今度は負けるもんか」

お竹婆さんは、くやしがって二回目を促したが安どんは朴が新聞を積んで帰ってきたので仲間から抜けた。

「台どん、新聞を手伝ってくれ」

安どんは空壜を束ねている台どんに言って、朴の車から新聞を下して台量へ積んだ。その間、朴はへとへとに疲れたらしく、シャツを脱ぎ、体の汗を拭きながら、安どんと台どんが計るのを見ていた。目方は三百二貫あり、向うで計ったよりも二貫目多いので、朴はこの疲れも忘れたように喜んだ。

「百四十四円九十六銭也」

朴は伝票を受取ると、急いで事務所へ行った。事務所の帳場では親方が時計側や、金歯、指環などの目方を計って、帳面に記入していた。

「お願いします、ああ草臥れた」

伝票を渡すと親方は、

「なに、百四十四円九十銭、馬鹿に仕切ったね、五十円は儲ったろう」

「そんなに儲るもんか、会社の入札だもん、十円も儲らんのだ」

朴は金を受取ると、肌にじかにしている腹巻の間から雑布のように汚れた布包を出した。布包を幾重もほどくと中から大きな革の財布が出た。そして今、受取った金を丹念に数えてから、その財布に入れると、再び布で包み、腹巻の奥へ蔵うのである。朴は全財産を、いつも身に付けていたのである。朴ばかりでなく、朝鮮人の屑屋はたいてい、全財産を身に付けていた。銀行へ預けることも、郵便局へ貯蓄することも、彼等には不安なのである。異郷の空で信じられるものはただ自分の体についていて、触れることが出来ると言う現実だけだった。

朴はこれから働きに出るのは疲れていたし帰るのには早過ぎたので仕切場の目びきを見に行った。近寄って行き、六さんやお竹婆さんが夢中でやっているのを、黙って見ていた。すると仲間に加りたい射幸心がむらむらと起きるのを、じっと圧えていたが、堪らなく、やりたくなってきた。

一回きりやって見よう、たった一回だけ二十銭の遊びだ。駄目だ、いけない、やっと心を圧えつけた。朴は一年ばかり前に、この目びきに凝って、非常に損をしたことがあったので、それ以来、ずっとやめていた。だが、いま又堪らなくやりたくなってきたのである。身体が疲れているから、こんな気持になったのだろうと思い、じっと耐えて見て居た。六さんが瀬戸物の牛の置物を掌に載せて、目方の見当をつけていたとき、六さんの七ツになる男の子が小遣をくれと、せがんできた。

「うるせえ、我鬼だな、黙っていろ」

六さんが呶鳴ると、子供は泣きだして、なおも、せがんでくるのだった。

「畜生ッ、ちょっと待ってろ」

子供はうるさく、からんできたが、六さんは目びきに夢中になっていたが、勝負がついて、六さん

が負けたとき、

「馬鹿、うるせい我鬼野郎」

と子供の頭を平手で叩いた。ぴしゃりといい音がしたので、お竹婆さんや尾形が声をたてて笑った。子供は一層大きな声をだして泣き出した。

安どんは、そんな喚きや騒ぎを聞きながら次々に帰ってくる買出人の仕切に忙しかった。

「おい、俺のをやってくれ」

「馬鹿ッ、俺の方が先だ」

「バカ、俺はさっきから待ってたんだ、俺の番だ」

濁音のできない朝鮮人のわめきや、罵りの声や、怒鳴りが、この仕切場を覆っている。その騒音のなかで安どんは次々と仕切を片付けて行く。

「この蒲団はいいだろう、敷と掛けの対だ」

禿頭の徳さんが買ってきたのである。安どんが手に取ると、病人臭い熱の匂いが、むっときた。それは全く吐きけを催うさせる匂いであった。

「病人だな」

「あたりめえよ、病人でなきゃ誰がこんな銘仙の蒲団なんか屑屋に売るもんか」

安どんは、縫目を自分の歯で切りほどいて、中の綿をひき出した。台どんは、その蒲団を不潔な気味悪いものに思って眺めていたのに、安どんが平気で前歯で布を切っているのを見てぞっとした。

「赤綿だね」

安どんはそう言って目方にかけた。そのとき、

「このヴァイオリンはどの位だね、少し高く買ってきたんだけれど」

四十位の女の屑屋が、ケース入のヴァイオリンを持ってきた。

「どれ」

安どんは手にとって、ケースからヴァイオリンを出して見たが、それは糸の切れた全く使い物にならない代物であった。それでも、表や裏をながめて、ひねりまわしていると、

「三円位にはなるだろう」

と女が言った。

「とても駄目だ、半分にもならないね」

「あれ、ほんとうかい、そりゃ大変だ、それじゃ、うんと損をするよ」

「そんなに高く買ったのかね、こんな壊れたヴァイオリンを。まあ一杯に買って小判（一円）と言うところだね」

「ひえッ」

女の屑屋は奇声を上げて、安どんの顔を穴のあくほど、ジッと眺めた。

「そんなに損しちゃ困りものだ、二円出して買ったんだよ、ほんとうに、私も損をしちゃ困るから、じゃ二円で買っといておくれよ」

女の声は哀願的になってきた。

「とても駄目だ、そんなに買えないよ、うまく売っても一円五十銭にはならないからね」

「でも、お願いだから附合っておくれよ、これで損をしちゃ、今日はまるっきり儲らないんだから、ねえ、安どん」

「困るなア、ほんとうに売れないんだ。こんなに壊れていちゃア、じゃ、お附合で一両二分で買って置こう」

「二円で買っておくれよ、それでも一文も儲らないんだから、ほんとうに厭になるね、だから、私しゃ書生ッぽは嫌いさ、女だと思って馬鹿にして高く売るんだから。ああ、こんな損をする位なら買って来なければ良かった、安どん、お願いだから二円で買っておくれよ、いつか埋合せするからさ」

頭を手拭で鉢巻して、着物を膝小僧の処まで、たくし上げ、その上に印伴纏を着ていた、そして、その印伴纏の上を縄で帯のように巻いているこの女は執拗にねばっている。安どんは次々に帰ってくる買出人の仕切をやりながら、この女が気の毒になり二円で買ってやろうかと思ったが、親方の顔を思い浮べると、それも出来なかった。「屑屋になるような奴は、どうせ、したたか者なんだから、変な同情したら建場はやって行けねえぞ」親方は安どんが仕切り係になったとき、最初にそう言った。確に親方の言葉はいくらか当っていたが、買出人は親方が言うほどしたたか者ではなく、愚鈍なまでに善良な人間が多かった。中には全く、したたか者も居た。

「ポクのをやってください」

金は仕切の都合の良いように手順よく、ゴタ、新聞、生き本、ぼろ、などを整理してしまうと、そう言った。

「どうぞ、先にやって下さい」

他の買出人は金に先を譲った。金は買出人仲間から尊敬されていたのである。温和しい青年で夜は私立大学の夜学に通っていた苦学生である。それでいて知識人らしい誇も見せずに、頭が低くかった。わざと頭を低くしているのではなく、自然に備っていた徳であった。金が仕切を終って、事務所の方へ行く頃には、この百坪位の仕切場の広場は、買出人の車で埋ってしまった。そして各自が仕切のいいように仕分けしながら、いい買物をしたとか、あぶれたとか話し合っている。そのざわめきと一緒に、ゴタや古着やぼろ切などから舞上る埃で、咽喉がからからにむせる。その上悪臭が、全く何んとも言えない複雑した匂いが鼻や、ときには眼まで刺戟するのであった。

「おーい、ビールがあるぞ」

誰か太い声で怒鳴った。すると四、五人が「呑ませろ、呑ませろ」とその声の方へ走って行った。

一人の買出人が空壜を買ってきたら、その中に、まだ口の切らないビールが一本あったのである。

「こりゃ素晴しい、祝盃を上げよう」

目びきをやっていた六さんが、欠け茶椀を持ってきたので、ビール壜の口を金槌で叩いて開けた。

「どれ一杯」

六さんが茶椀を出したので、注いでくれたが泡はたたなかった。そして不透明に濁っている。それでも六さんはがぶりと呑んだ。

「あッ、酸っぺ」

と吐きだしたので、囲りの者は、どっと笑った。

「ざま見ろ、この喰いしんぼ奴」

誰かが怒鳴った。

「ほんとに、酸っぺえか」

意地汚な屋で通っている平蔵が、いかにも欲しそうに、そう言って、ビール壜を透して見てから、壜にじかに口を当てて呑んだ。

「ふんとだ、少し酸っぺえや」

平蔵は口へ含んだのを半分呑んで、半分吐き出した。

「馬鹿野郎、よせ、よせ、汚ねえ野郎だなア、死んじまうぞ」

ざわめきは次々と断えなかった。金さんは井戸端で顔を洗い、体を拭いてから、学生の制服に着替えた。丈が高いので立派な大学生になった。この買出人の中に四人の苦学生が居たが、みんな半島人で真面目な青年であった。事務所では親方が次々に持ってくる伝票に依って、金を払っている。金を受取った買出人は、直ぐ帰えろうとしないで、上りはなに腰掛けて、ここのお神さんが出してくれる番茶を呑みながら、話し合っているのである。不平を言ったり、欝憤を吐いたりして、それで非常に楽しそうに見えた。

「ねえ、親方、こんなのはどうにかならないかね」

一人の買出人は、新聞をひろげながら、

「こんなこと書きゃがって酷い奴だ」

と話しはじめた。今日、空壜を買っていると、この壜はいくらと言って醤油の一升壜を出すから、十三銭で買いますと言ったのである。すると、そこの奥さんが、昨日の新聞を持ってきて見せて、十三銭と買入相場が書いてあるじゃないの七銭なんてずるいと言って売って呉れなかった。建場の仕切が九銭であると、説明しても、新聞の記事を信用して、どうしても、こちらの言葉を信じない。その為め、切角買ったボロまでも、安すぎると言って取られてしまったのである。

「ねえ、親方、新聞社へ文句を言って下さい」

親方は新聞を眺めて、

「間違いだ、こりゃ困るね、間違った方はいいけれど、こちとらは生活の問題だからな、それに廃品回収なんて世間で騒いで、こんな新聞にまで相場を書かれちゃ、商売がやりにくいな、でもまあ屑屋も人間並の職業に認められてきたんだからいいさ」

親方はそう言って笑った。すると他の買出人が、

「ほんとうにそうだよ、いままでは屑屋、屑屋って、泥棒の仲間位に見られていたが、この警察の腕章が出来てから、何んだか俺達も国の為に働いている官員になったような気がするな」

「汚ねえ官員だなア」

誰かが言ったので、皆が笑い出した。金は、そんな話を聞きながら事務所から表へ出た。太陽は西の果に大きく真紅に浮んで、それは自然の美しさと言うよりも、絵のような美しさだった。金は建場の門を出ようとしたとき、仕切場の方で大きな怒鳴り声が、騒音を破った。喧嘩だ、喧嘩だ、と騒いでいるので、金は戻ってその方へ行くと、朴が真蒼な顔をして耳のあたりを押えている。その押えている手の指の間から血が流れていた。相手の中新は昂奮に燃えた体を三、四人の買出人に圧えられていた。

「貴様、屑屋道徳を知らねえな」

中新は圧えられている体をふり切ろうと藻掻いたが力が及ばなかった。

「馬鹿ッ、喧嘩なんかやめろ」

みんなが中新を止めた。金は中新の前へ立ちふさがって、

「中新さん、とうしたんてす、喧嘩しなくても話せば判ります」

金は落着いて言ったが濁音は出なかった。喧嘩の原因は今日の新聞の入札からであった。中新は入札が朴に落ちたのを怨んでいるのではなかった。屑屋の仕事でありながら、あんなに儲からない札を入れることは馬鹿げている、と、むしろ朴の落札を憐んでいたのである。そんな考えから、今仕事から帰ってくると、朴が居たので、

「お前は馬鹿だな、相場のきまっている新聞にあんな札を入れるなんて、僕は三十九銭に入れたんだが、君の札はひどすぎる。それに屑屋の仕事をお互いに、儲からなくしちゃ損じゃないか」

中新は同情的に、そして妥協的に言ったのである。ところが朴は、自分の金で買うのだから勝手じゃないかと突っぱねるように言ったので、中新は同情的に言っていただけに、むっとなって、傍にあったビール壜で朴の頭を殴りつけたのであった。金はこの問題は、どちらが良いとか、悪いとか、簡単にきめられるものではないと思った。営業は自由であるけれども、同業者同士の相互的利益を考えなくてはならない。然しそれは非常に困難なことである。扱っている物が生活の排泄物といってもいい屑物だけに標準価格を協定することは、ほとんど不可能なことである。自分の金で買うのだから勝手だと言う朴の言葉も、被圧迫的地位にある人間として、たった一つの競走する武器であった。

「中新さん、赦してやって下さい。朴の言葉が悪いのてす。ほんとに言葉が悪いのてす」

金は中新に頭を下げて謝った。金にそう言われると、中新も落着きを取り戻し、

「ねえ、金さん、そうだろう、僕は朴が入札したのを悪いと言うんじゃないよ、でも、あんな入札をしちゃお互いに損じゃないか、朴だって、大いして儲からんし、あんまり馬鹿らしいじゃないか」

中新は、そう言ったものの無意識のうちに半島人の浸潤に、ある敵対性をいだいていたのであった。日本人の屑屋は儲けが少なかったり、もっと買上げろ、と言われると、あっさり断ってしまうのに、半島人の屑屋は執拗に粘りつき、一銭でも儲かれば頭を下げて買ってくるのである。全く労力を惜まなかった。その上、生活程度がぐっと違っていたので、同じ利潤を上げたとしても、生活費の低い半島人の方に、それだけ残余がでるので、小金を溜めていた。その小金を、常に体に着けているので、郵便局の利息位の儲でも、儲かるとなれば労力を忘れて買ってくるのである。屑屋は早晩、半島人に圧倒される、中新はそんな考をいだいていた。この考えが無意識のうちに、半島人である朴を殴りつけたのであった。

こんなざわめきも建場のほんの小さな出来事として、大勢の買出人達は自分の仕切を待ちながら、面白いものでも見物するように、一緒にざわめいているのである。安どんは、この三時から五時までの二時間は全く忙しかった。それでも毎日の習慣で素早く仕切をして行った。五時過ぎると古雑誌やゴタが山のように積まれ、金物や、古着、ボロ、壊れた洋傘、樽、などが、それぞれの場所に積まれて行った。その頃になると古道具屋の親爺や、古本屋などが掘出し物でも探そうとやって来るのであ

る。

「何か出物ありませんか」

古道具屋の親爺は安どんに丁寧に頭を下げて言った。

「いま買ったんだが、その机と椅子はどうだね、それからヴァイオリンがあそこにあるだろう」

安どんは仕切りをしながら言った。ここの世界では買う方が、つまり古道具屋や古本屋の方が頭を下げて、へいへいして売って貰うのである。二人の本屋はゴタの中に蹲って、埃も悪臭も感じないようにに丹念に探している。

「おい少し邪魔だな」

安どんは怒鳴りながら、新しく仕切ったゴタを、古本屋のいる方へ抛った。埃がパッと舞上った、それでも古本屋は平気で探しているのである。仕切がちょっと隙いて安どんが手を休めていたとき、一人の古本屋が、四、五冊の白い表紙の本と三通の手紙とを掘り出してきて、

「これだけ売って下さい、いくらでいいかね」

と、その本を安どんに示した。安どんはその本をめくって見たが全く価値は判らないが、いつもの勘で、

「一円二十銭位あるだろう」

と言うと、古本屋は少し高い一円にしてくれと言って、買って行った。もっとも建場のゴタばかり

を漁って生活している本屋もあると言うのだから、きっと、いい儲けがあるのだろうと安どんは思った。

仕切場には電灯がついた。そのとき、今日初めて屑屋になった黒服の梅田音平が一杯詰めた籠を背負い、前かがみに戻ってきた。

「これだけ買って来たがおねげえします」

音平は籠のまま安どんの前へ出した。

「どうだね、うまく買えたかね」

籠の中を窺きながら安どんが言うと、それには返事をしないで、

「クズイって声は出ねえですね」

と言った。籠の中には、チューブや銅などいいものがあった。

「馬鹿にいい買物してきたね」

「へへへえ、そうかね」

音平は黒い歯をむいて笑った。安どんは仕切を済すと、

「三円八十六銭也、どうだね儲ったかね、皆んなで、どの位で買ってきたんだね」

「へへへえ」

音平はズボンのポケットから残金を出して調べてから、

「一円と十三銭で買ってきたわけだ」

と、にこにこ笑いながら言った。安どんから伝票を受取り、金は事務所で払うことを聞くと、

「肩屋って、儲かるもんだね」

と言って前かがみの体をよちよちさせながら事務所の方へ走って行った。事務所の中は烟草の煙で
もうもうと濁り、買出人の喚きや笑いなどが一つの騒音のかたまりとなって響いている。音平は大勢
の買出人に頭を下げて、親方の前へ進んで行った。

「おねげえします」

伝票を渡すと、親方は金を盆に載せてくれたので、皆んな受取っていいのか躊っていると、

「ああ梅田さんだったね、どうだね買出しの具合は」

「へえ」

音平はペコンと頭を下げたが、まだ金を受取らないでいると、横から、六さんが、

「やあ、新顔だねおめえは、仲間入りに一杯交際《つきあい》しようじゃねえか」

すると、意地の汚い平蔵が、薄い唇を舌で舐めながら、

「大将ッ、おつきあいはやるもんだ」と肩を叩いた。

「へえ、おねげえします、どうか、よろしく」

音平が誰にともなく、ペコペコ頭を下げている間に六さんは素早く金盆の上の金を摑み取った。

「おい、みんな伊勢源がいいな、お交際《つきあい》に行こうよ」

六さんが尖頭に立って出かけると、七、八人の仲間がぞろぞろと後を追った。音平は、金を持って行かれたのを知ると驚いて、六さんの後を馳けて行き、門口の処で追付くと、

「明日の買入れがあるから、少し残しといて下さい」と小さな声で頼んだ。

「心配ぇするな、明日は明日で借銭が出来らあ」

六さんが言うと、

「ふんとだとも、心配ぇするな」と平蔵が相槌を打ち、音平の肩に手をかけると、みんなは、それをかこんで一団となって歩き出した。日は昏れて春の靄が深くたれこめている中を。

堀割の散歩

永井荷風

汐の満干《みちひ》に大川の
水は休まずながるゝを。
町の中なる堀割の
水は濁りて橋のした。
岸によどみて滞り
浮ぶ芥《あくた》ともろともに
むされて腐れ
腐れてこゝに沈み行く。
腐れて沈む水の色。
絵師も知らじ。
蒸さるゝ水より湧く匂。

薬師も知らじ。
腐りて沈む水の色
よろこび見るは何人ぞ。
蒸されて放つ芥《ごみ》の香《か》を
おそれず嗅ぐは何人ぞ。
沈滞は腐敗のみなもと
腐敗は悪臭の泉なり。
一代の栄華極りて腐れ
腐れて革命の嵐は来る。
はかなき人の世の行末や
よろこびも悲しみも
一たび倦怠の瀬によどめば
腐りて沈む虚無の淵。
声なき声はこゝより起りて
世をのろひ
匂なき匂はこゝより発して

人を病ましむ。

われは生れて町に住む
よどみし時代の児なりけり。
朝な夕なに堀割の
岸に杖つく身なりけり。
冬ざれし溝川の汚きながめは
わが思出の世なりけり。
芥《ごみ》の重さに芥船の動きかねたる悩みこそ
悔にもだゆるわが身ならずや。

わがうたふ歌をな聞きそ。をとめ子よ。
わが手かなづる琴をな聞きそ。ますらをよ。
わが歌きくは橋の下
芥をしとねの乞食あり。
わが琴きくは辻君の

過行く人を待つ間《ま》なるべし。
わが歌きゝそ乙女子よ。
わが琴きゝそますらをよ。
われは生れて町に住み
濁りし水のくされ行く
岸に杖ひく身にぞありける。

消える焦土

岡本潤

今日も私はここへやつて来た。
何が私はここへひきよせるのだらう。
何が私をここへかりたててくるのだらう。

えがらつぽい風が吹いてゐる。
今日も晴れまを見せぬ
汚れた布のやうな空の下の
八方見とほしの焼野原。

瓦礫のごつたがへし。
まくれたトタン板。
よぢれ這ふ鋼索、電線。

機械の断片。
所在なげに突つ立つてゐる煙突。
焼けこげた街路樹と電柱。
がらんどうのビルの残骸。
まだくすぶつてゐる余燼。

何が私をここへひきよせるのだらう。
何が私をここへかりたててくるのだらう。
運命とはなにか。
私は知らぬ。
昨日、今日、明日
進展する激烈な歴史のなかの
一瞬。

凝然と立ち
視てゐると、

焦土は忽然と私の視界から消え失せる。
茫々むげんの大葦原のなかに
私はゐた。

浮浪者と野良犬

廣津和郎

一

そこの地勢は市太郎には気に入った。

温泉町が海沿いから山の手の方へ延び、南下りの丘陵を切りひらいて近年旅館や別荘が建ち始めたところで、南の方は蜜柑畑の向うに相模灘を見下し、日当りが好いと共に眺めも好かった。直ぐ側に温泉タンクがあり、そこから附近の旅館や別荘に湯を送る温泉管が輻射状に幾つも出ているので、まるでスティームのパイプに囲まれた部屋のように夜も温かった。

北の方には石垣があり、石垣の上は幾つかに区画された赤土の土地に「分譲地」という札が立てられていた。市太郎はその石垣を背にしたところに、方々から木や竹や南京袋などを拾って来て、雨露をしのぐ小さな屋根を作り、その下に空俵を幾枚も重ねて敷いてそれを寝床にしていた。

彼は大体は静岡、清水あたりを漂浪しているのであるが、三年ほど前から、寒い時は温泉場が好いと思って、この町にやって来るようになったのである。

或早春の朝であった。市太郎は鶯の声に眼をさましたが、十分寝足りたし、気分がよかった。そこで近くを流れている小川――それはこの丘陵からしぼり出された清水が老木の根の間を流れて行く清冽な小川であるが、そこにうがいをしに行こうと思って、小屋を一歩踏み出すと、いきなり何ものかを踏んづけて、足がつるりと滑った。その不愉快な感覚で彼は何を踏んづけたかが直ぐ解った。

小屋の入口に犬が糞をして置いたのである。

「畜生！　白耳《しろみみ》のしわざだな！」と彼は忌々しそうに呟いた。

あの年古りた野良犬ならその位の復讐はやりそうである。彼は奸智にたけたその犬の眼を思い浮べた。

昨日の朝、市太郎は桃園荘のゴミ箱に首を突っ込んで餌をあさっている白耳の横腹に、ものの見事に一発大きな石ころを叩きつけた。その時丁度白耳はカマボコを探し出して、いつにない油断した恰好で、食べるのに夢中になっていた。滅多に油断を見せる奴ではなかったが、多分この犬をひいきにしている桃園荘の女中が、カマボコを捨てに来た恰好で、そのまま尚自分を見戍っていてくれているような錯覚でも起していたに違いない。

市太郎の手にはしたたかな手応えがあった。併しこんな場合でも「キャン、キャン」と悲鳴を揚げるというようなことのないこの犬は、唯短く「ギュン」というような異様な声を発しただけで、ゴミ箱の上から跳び下り、上眼遣いに恨めし気に市太郎の方を見たが、不意討ちを食ったためもあり、又市太郎が竹の杖を持ってもいたので、歯を剥き出して反撃して来る元気はなく、やがて尻尾を後肢の間にはさんで、すごすごと逃げて行った。……

その仕返しに、市太郎の寝ている中に、此処に来て脱糞して行ったに違いない。市太郎はこの附近にいる他の犬どもの事をも考えては見たが、どう考えてもこれはあの白耳のしわざに違いないと思った。――あの白耳は「復讐」のためにその位のことをやり兼ねないほど頭の働く奴に思えてならないのである。

彼は小川に行ってうがいをすると共に、足についた汚物を洗い落さなければならなかった。

二

白耳というのは薄茶と白のブチ犬であるが、半分程立って尖端がちょこんと垂れているその耳の部分が白いので、市太郎が勝手につけた名であった。凡そどの位の種類がまじっているか見当のつかない程の雑種で、毛色や毛なみにはポインターがかかっているらしいが、耳の形や眼の色や顔附は日本種らしかった。身体は特に大きくもなく小さくもなく、普通の中型犬であるが、胴がしまり、四肢が逞ましくて、長い間人家に飼われたことがなく、自力でこの世の中に生きて来たことを思わせるような精悍な面魂をしていた。何処か石垣の上の森の中にでも棲んでいるらしく、滅多にその声は聞えなかったが、夜中に雲の間から月が出たり、雨が霽れて星空が覗いたりすると、丁度市太郎の寝ている頭の上あたりに来て、長い間遠吠えをした。「叱！　畜生、うるせい！」などと市太郎はそれに眼をさまして、石垣の上に向かってよく怒鳴ったが、併しこの犬の啼声で、夜中の空の変化を寝ながらにして知らされたりするのであった。

この辺の野良犬も飼犬も、みなこの白耳に一目置いていた。ここの一郭の犬の世界では白耳が支配者であった。いや、犬の世界ばかりではなかった。時々町の方から野犬狩りの人夫が上って来ると、本能的にそれを予知して、逸早く森の奥に逃げ込んでしまうが、その人夫たちを除けば、白耳の恐れるものは何もなかった。

そこに半年ほど前から市太郎が現われたのである。市太郎は前年は此処から遠い西の方の丘陵に、戦争の末期に軍が立籠ると云って掘った壕の一つがまだ埋められずに残っていたので、そこに住んでいたが、今度秋になって来て見ると、そこは既に他の浮浪者に占領されていたので、止むなくこの石垣の下の日溜りを探し当てたのであった。

併し来て見ると此処は決して悪くはなかった。前に述べたような輻射状の温泉管で、壕の内よりも寧ろ温い位であったし、それに浮浪者仲間では一種孤独癖のようなものを持っている彼には、この近辺に仲間のいないということも却って安気であった。

更に好都合なことには、この土地でも高級旅館である桃園荘の勝手口が半丁程の近距離にあり、その垣根の外にゴミ箱が置いてあることであった。朝の七時頃になると、きまって女中が昨夜の残飯をそこに捨てに来、又夜には時間は定まらないが、又そこに料理の残りを捨てに来るのである。そのために町の方のゴミ箱をさがしに下りて行かないでも、眼の前で食事は十分間に合うのである。このことも彼がこの土地を気に入った大きな理由の一つであった。

彼は昼の間は南京袋をしょいこんで、拾って来た片ちんばのゴム長の靴を穿き、竹の棒を片手に持って金物拾いに出かけるのであるが、併し朝飯に十分ありつけると、億劫になって、その日は出て行きたくなくなるのである。それで此処に来てからは、町に出て行かずに、一日海を見下ろしながらのんびりと日向ぼっこをしている日が次第に多くなって行った。

金物拾いと云っても、静岡や清水では、倉庫から銅線を盗んだりするような事もたまにはしなければならないことはあったが、此処ではそういう倉庫はなかったし、若しやれば旅館や別荘の門の屋根の銅板を剝がすようなことであるが、併しそういう荒仕事は、浮浪者の数が少いので直ぐ目につき易いから、此処では絶対に避けなければならなかった。そして実際そういう危険な仕事を無理にしないでも、桃園荘のゴミ箱が、生活の或安定感を彼に与えて呉れるのであった。

併し同じこのゴミ箱をあてにしているというところから、市太郎と白耳との間に、烈しい敵対感情が自然湧かないわけに行かなくなって来たのである。

最初市太郎がそのゴミ箱をあさっている時、突然「ワウ」という唸り声と共に、彼の背中に躍りかかったものがあったので、彼は振返りざまその襲いかかったものを足蹴にした。それは彼の長靴に胴中をやられて、二三尺とびすさったが、直ぐ叉牙を剝き出して、彼の足許に突進して来た。彼はそれを蹴り蹴り、ゴミ箱から少しずつ後退して行った。その時は彼の方が不意討ちを食ったので、この野良犬の猛攻に対して受太刀気味であった。彼はゴミ箱の横に竹の杖を立てかけて置いたことを、暫く忘れていた程、その時は狼狽していた。やがてそれに気がついたので、竹の杖を拾うと、それで襲いかかって来る犬の前の地面を叩いた。それで犬は吠えながら少しずつ後ずさりして行ったが、市太郎の方もその竹の杖をふりかざして追いかけるような気勢にはどうしてもならなかった。最初不意討ちを食ったための守勢がなかなか挽回できなかったのである。それで地面を叩き叩き此方も少しずつ後退して行った。これが市太郎と白耳との最初の出遭いであった。

市太郎は髪がもじゃもじゃ生え、鬚ものばしっ放しであった。そのために五十にならないのに、もう五十五六に見えた。目鼻立ちが整った顔なので、ぼろをぶら下げながら歩いていても、何処か威風堂々たるものがあった。——併しそのぼろをぶら下げて南京袋を肩にかけている異様な風態のために、よく方々で犬に吠えられた。それでその時も、その異様な風態でゴミ箱あさりをやっていたので、白耳に吠えつかれたものと最初は考えていたが、それはそうではなく、犬がその食堂を市太郎に占領されたので吠えついたのであったことが、間もなく解って来た。つまりそのゴミ箱は、彼のものではなく、その時まで白耳のものだったのである。

朝、桃園荘の女中が、残飯を入れた大きな籠をもって勝手口から現われる。すると、それを何処で見戌っているのか、間髪を入れずと云ったように、どこからともなく白耳がもうその側に尻尾を振って飛び出して来ている。市太郎は白耳が人間に向かってそんなに愛想よく媚態を示しているのを見たことはなかった。恐らくその女中が人間の中で白耳に親しめる唯一の者なのであろう。

女中も又白耳に愛想がよかった。女中は「白耳」とは呼ばずに「ポチ」と呼んでいた。「さあ、ポチちゃん、お待遠さま。さぞお腹が空ったでしょう」などと云いながら、彼女があけた残飯を、白耳が貪るように食べるのを、にこにこして暫くそこに佇んで眺めていた。

それはお座敷女中ではなく、勝手もとの下働きの女中であることは、その恰好からも器量からも直ぐ解った。二十二三の鼻の低い、丸っこい頬をした、血色の好い、この近在の田舎出らしい女中であったが、一度市太郎は顔を見合わせたので、愛想笑いをして見せると、犬に見せていたような笑顔を直ぐ引っ込めて、眉をしかめ、彼の方を尻眼に見ながら、手荒に勝手口の木戸をぴしゃりと閉めて入って行ってしまった。

彼はその女中を見ると、十五六年前、彼を捨てて出奔してしまった女房のことを思い出した。やはり鼻の低い、丸っこい女であったが、唇が薄く、朝から晩まで口叱言を云っていた。「お前さん見たいな働きのない人間はない」とか「能なしだ」とか云うのである。彼は腕力で喧嘩をしたこともあったが、どんなに撲りつけても、「殺せ、殺せ！」と喚くだけで、絶対に屈服することがない。それ以上腕力で争っては、しまいにはその喉首をしめて息の根を止めてやりたいような憎しみを覚えて来るので、彼はとうとう手を出すことを止めてしまった。それから間もなく、彼女は他の男としめし合わせて出奔してしまったのである。……

女中がそこに立っている間は、市太郎はゴミ箱の前に出て行くわけにいかなかった。女中の姿が消えたのを見とどけると、彼は始めて竹の棒をもってそっとその方へ近づいて行く。食べながらもその耳を動かして始終警戒している白耳は、どんなに足音を忍んで近づいても、直ぐ市太郎のけはいを感じ、顔を上げて上眼遣いに彼を見ながら「ううー」と唸り始める。そして一寸の間食べるのを止めるが、上眼遣いの眼を彼の方へ向けたまま、再び口を動かし始める。併しその身体全体は油断なく緊張して、市太郎が棒をふり上げたり、石を拾おうとして少し身体を動かしたりすると、即座にゴミ箱の上から跳び下り、背中の毛を逆立て、頭を低くしながらスキがなく身構えるのである。こういう動物でも、スキがなく身構えられると、一種の気魄があって、直ぐこっちから突進していくことが一寸躊躇されるような気になるものである。

しばらくの間人間と動物とは睨み合う。市太郎は竹の杖で地面を叩きながら少しずつ進んで行くと、白耳は又少しずつ退って行く。そしてその間に或距離が出来ると、市太郎は小石を拾ってそれに投げつける。この飛道具は何よりも白耳には、苦手らしく、向う向きになって一目散に逃げ出して行く。

市太郎の石がころころと地面の上をころがってそれが止る限界のあたりで、犬は立止って此方を振向き、ワンワンと吠え、そのまま吠えつづけながら、そこにある階段を登って石垣の上の分譲地の中に消えて行く。そこで市太郎は今まで犬の食べていたゴミ箱の中から、犬の残した餌をあさるのであった。

併しそのゴミ箱を中心にして、食糧争いをしていたものは、市太郎と白耳ばかりでなく、その少し前までは尚他に一匹の野良猫がいたのであった。それは大きな雉子猫の牝で、尻尾が長く、のそりのそりと草の間を歩いているところは、小さな豹のように剽悍であった。これは白耳に負けない位獰猛で、ふだんは白耳を見ると、遠くの方から避けていたが、或時ゴミ箱から出て来た出合頭に、丁度そこに来た白耳とぶつかると、背中を丸くし、尻尾を立ててぶるぶると顫わしながら、「プーッ」と云って白耳の鼻面を引っ掻きに跳りかかって行った。白耳は一歩後退したが、直ぐ猫をめがけて逆襲した。併し猫はゴミ箱を背にしながら、その鋭い爪で近づいて来る犬の顔を引っ掻くのである。白耳も一挙には寄れなかった。市太郎は遠くの方からこの犬と猫との争いを見ていたが、二匹は最初の互の突撃の後では、両方から仕掛けるスキがないかのように暫く対峙して睨み合っていた。その中猫はぴょいとゴミ箱の上に飛び乗り、そこから直ぐ又塀の上に飛び乗ると、もう背中を丸くしていた興奮の様子は少しもなく、悠悠としてその上を歩きながら引揚げて行った。白耳はそれを見上げていたが、もう下から吠えるようなことはせず、尻尾を上に上げて何事もなかったように引揚げて行った。

両雄の対陣があっけなく物別れに終ったわけである。

市太郎は町の方に行って帰って来る途中の畑の中でこの猫を見かけたことがあった。彼はいきなり竹の杖をふり上げたので、猫は敏捷にさっと逃げ出したが、逃げて行く手から小綬雞がぱっと三羽飛び立つと、いきなりその一羽にとびついて、それを口に銜えながらそのまま逃げて行った。逃げながらその間に飛びついてそれを捕えて行く身体の敏捷さと、その心の綽々として余裕のある複雑な逞しさとに、市太郎は舌を巻いたものであった。その猫が姿を消した。それは市太郎が殺したからである。

全くの偶然な出来事で、或夕方、市太郎が桃園荘のゴミ箱を覗くと、その途端箱の中から彼の顔に飛びついて来たものがあった。それがその猫であった。猫に取っては市太郎の顔が覗き込もうとは予期していないところに覗いたので、不意を食って驚くと共に、体あたりで逆襲して来たのであろうが、それは市太郎に取っても亦不意討ちであった。「あっ！」と云って彼は夢中で顔に飛びついて来た奴を両手で払おうとした瞬間、その猫の頸のところに掌が当ったはずみに、彼はぎゅっと摑んでしまったのである。それは思いがけないことであった。逞しい猫でも、頸を摑んでぶら下げて見ると、目方は意外に軽かった。彼は猫をゴミ箱のコンクリートの角に力まかせに叩きつけた。猫は「ギャ！」と云って地面の上に伸びてしまって、直ぐ立上って逃げる力はなく、敵意に充ちた眼で彼を振仰いだ。

彼はゴミ箱に立てかけてあった竹の杖を取って、その頭を滅多打ちにした。

争闘はほんの一瞬間で片附き、あの逞しい猫は意外に脆く死んでしまったのである。

市太郎はその猫の死骸を南京袋に入れて、そこから大分離れた西の丘陵の麓の顔見知りの辰吉のところに持って行った。丘の麓に横穴を掘って住んでいる辰吉は、浮浪者仲間での金持であった。よく屋台で今川焼を買って食べたり、焼酎を買って飲んだりしていた。そして背広服なども持っていて、時々はネクタイまでつけて、汽車になど乗って小田原あたりに出かけることもあった。

辰吉は市太郎の持って行った猫の頸をつまんでぶらさげて毛並を見ていたが、「そら」と云って十円銅貨を三つ取り出した。市太郎は何とか五十円に買って貰いたいと思っていたのであるが、云い争ってでも買ってくれないと云われればそれまでなので、銅貨を受取ると、黙々として引っ返して来た。

三

その猫を殺したのは二十日程前であった。地面に叩きつけると、猫が動けなくなった時の手応えの記憶はまだ生ま生ましかった。

白耳の糞を踏んづけた時の腹立ちから、彼はあの猫と同じように、白耳をも叩き殺してやろうと考えた。

彼は石垣の上の分譲地の方へは余り登って行って見たことはなかったが、白耳を探すつもりで、いつも白耳が登り下りする階段を登って行って見た。平らにされた赤土の土地が幾区画になり、その向うは森になっていた。彼は奥深い森の入口を少し入って行って見たりしたが、白耳の姿は見えなかった。それで帰って来た。併し探そうとしている時には見つからないもので、出遭う時には不意に出遭うものである。それはその翌日の日暮れ方、町の方から彼が帰って来ると、丁度桃園荘とその隣りの秋月別荘との間の細い路地の薄闇の中から、いきなり白いものが飛び出して来て、「ワウ」と叫びながら、彼に躍りかかって来た。白耳であった。偶然その路地から出て来た途端に彼にぶっつかったので、逃げ道を失って躍りかかって来たのか、それとも彼を待伏せしていたのか（そこまでの考えは如何に奸智にたけた犬でもなさそうに思われるが、併し市太郎にはそう思われたのである）、それはどちらとも解らなかったが、市太郎はあわてながら犬の鼻先を蹴った。そして次ぎにしたたか犬の胴中を竹の杖で叩いたが、ぼこっという音がしただけで、白耳は啼声は立てなかった。猫のように脆くはのびなかったのである。

犬は薄闇の中を一散に逃げて行ってしまった。

併し市太郎は白耳との間が、前より一層緊迫して来たことを感じた。此方で白耳を狙っているように、向うでも何か自分のスキを窺っているような気がしてならなかった。ああして路地の角で待伏せしているる位であるから、寝ているところにいきなり襲って来るかも知れない。油断もスキもない。――そんなことを考えると、おちおち眠ることも出来なくなって来た。そこで今まで小屋の入口は開けっ放しにして置いたが、それが危険に思われたので、焼けトタンを探して来て、戸の代りに入口に立てかけた。それでやっと安心して眠ることが出来た。

朝のゴミ箱でも、白耳は前よりは一層耳をそばだてて警戒している様子で、市太郎が遠くから近づいて行くと、直ぐゴミ箱の縁にかけていた前肢を下に下ろし、背中の毛を逆立てながら、ゆっくりゆっくり後退して行った。――もう一度何処かで出合頭にでもぶつかった時ででもなければ、徹底的にやっつけてやることは出来そうもなさそうに思われた。

二日程白耳の姿が見えないことがあった。朝桃園荘の女中が「ポチちゃん、ポチ、ポチ」と呼んでいる声が聞えたが、白耳は何処からも現われなかった。女中はしばらくゴミ箱の側に立っていたが、やがてあきらめたように木戸の中に入って行ってしまった。市太郎はまだ犬に荒されないゴミ箱の中から、カマボコや焼魚を拾って食べた。――つまり犬のお余りでない朝飯にありつけたわけである。

美しく霽れた好い日であった。ここでは梅や桜や桃が一緒に咲いた。この土地には桜の種類が多いので、寒桜は梅の前に咲き、今咲いているのは彼岸桜であった。こういう天候は何という事なく市太郎をも浮き浮きさせた。彼は充ち足りた気持で南京袋を肩にして町の方へ下りて行った。拾うものがあれば拾っても好いし、拾うものがなければ唯歩いて来るだけでも好いというような気持であった。畑の多い新開地から別荘街を通り、これから商店街の方へ下りようとする坂道で、彼は「キューン、キューン」という世にも悲しげな犬の啼声を聞いた。そこは二階建ての保険所の前で、五尺四方ばかりの岩乗な檻が置いてあり、犬の啼声はその中から聞えて来たのである。「ああ、そうか。野犬狩りがあったのだな」と思いながら、その前を通り過ぎようとしたが、「若しや」という考えが閃めいて来たので、市太郎は檻の前に行ってしゃがみ込んで内を窺いて見た。まるで満員電車に人間がつめ込まれたように、そこには犬がつめ込まれていた。訴えるような、恨むような、悲しげな沢山の眼が一時に市太郎の眼に来た。そして絶望的に「キューン、キューン」という哀切な啼声を交る交る立てるのである。

どれがどの犬の眼で、どれかどの犬の身体か、一寸区別のつかない程のつめ込められ方であった。市太郎はその犬の顔を一つ一つ調べ始めた。すると半折れの白い耳がふと眼に来た。その耳からそれの下の方へ次第に視線を移して行くと、だんだん白耳の顔が、他の犬の重り合った間にはっきり見えて来た。おお、あいつもとうとう此処に捕まっていたのだ。どうりで一昨日からあの辺には姿を見せなかった。

白耳の方でも此方を見たが、それはいつも彼に歯を剝き出して獰猛な敵意を見せるあの眼でも顔でもなかった。そんな事は忘れたような顔であった。もっと叩きのめされた、絶望的な、ひしゃげ切って助けを求めるような哀れな顔であり眼であった。「キューン、キューン」と他の犬が哀切な声で啼くように、とうとう白耳も口を開けて、「キューン、キューン」と啼いた。市太郎はこんな哀しげに啼く白耳を見たのは始めてであった。

犬共はみんな迫って来る運命を知っているのである。

「あっはっはっは、人間様には敵うまい！」と市太郎は白耳の方へ向いてそう云って立上った。あの自分に敵対した犬、自分の小屋の前に糞をして置いた犬、自分に二度も襲いかかって来た犬、あの人間に負けない位悪賢かった犬、実際市太郎はまるで自分と対等のものに対するように、この白耳に向かい合っていたのだ。併しこうして野犬狩りに捕まってしまうと、犬はやっぱり犬だ。何という智恵のない、ナサケない姿であろう。今日か明日のうちには、注射を一本打たれれば、もうあの命はないのだ。

「あっはっはっは、人間様には敵うまい」もう一度捨てぜりふを残して市太郎は歩き出した。何か晴々した気持はしたが、一抹の哀感がないこともなかった。いや、一抹の哀感もないことはないが、やっぱり晴々した気持の方がもっと強いというのがほんとうであった。

その日は彼には幸運な日であった。彼はそこから海岸通の方へ行く途中、或芸妓置屋のゴミ箱を覗いたが、紙屑の中から百円札を一枚見つけ出した。

四

彼は夕食にラーメンを食べたくなった。それは二カ月程前、もっと寒い冬の夜であったが、その日は金物の拾い物が多く、少し金が纏まって入ったので、彼は支那料理青奄軒と書いてある海岸通の横丁の店に行って、ラーメンを食べたことがあった。それはその近辺で一番汚い店であった。

木のテーブルに向かった腰掛に腰をかけて「ラーメン一つ」と大きな声で注文したが、彼の服装《みなり》を見た髪をひっつめ髪にした小女は、何かひるんだような躊躇の色を見せて近寄って来なかった。これは彼が何処ででも受ける待遇であった。

「金はあるんだ、金は！」と云って彼はテーブルの上に、銅貨を四つ並べた。壁に貼った値段表に「ラーメン四十円」と書いてあったからである。

「何を上げますか」と小女の代りに答えたのは帳場に坐っていた肥った此家の主人であった。

「ラーメンですね。はい。ラーメン一つ」と主人は奥の料理場に向かって叫んだ。

それから小女に何か叱言を云っていたが、それはどんな風采の人でもお客様はお客様だというたしなめの言葉のようであった。

市太郎はそれで久しぶりでラーメンにありつけたが、それが実にうまかったのと、その時の主人の態度がありがたかったのとを、忘れることができなかった。それを思い出すと、再びその店のラーメンが食べたくなったのである。彼はのっそりその店に入って行った。前の小娘はいたが、前のことがあるので、顔をしかめながらも近づいて来た。

「ラーメン一つ」と彼は云った。

その声で帳場の主人が此方を向いたので、彼はこの前の事の礼のつもりで、一寸笑顔で頭を下げて見せたが、主人は素知らぬ顔で向うを向いてしまった。勝手が違った感じで、市太郎は一寸むっとした。併しラーメンが運ばれると、そのうまさはこの前と同じなので、直ぐ機嫌を直してそれを食べ始めた。実際うまいものを食べる時ほど楽しいことは彼にはこの世にないのである。

彼が丼に首をくっつけるようにして食べていると、突然、

「お前さん一日働く気はないかね」という声が頭の上でしたので、顔を上げると、主人が眼の前に来て立っていた。

「へえ?」と市太郎は吃驚したように主人の顔を見戍った。「働くたって、何も造作もないことなんだ。午前十時から三時位までで好いんだ。楽な仕事なんだよ。町をねり歩けば好いんだ。五百円出すぜ、五百円。——一時間百円だ。好い仕事だろう」

「へえ」

狐につままれたように市太郎はキョトンとしていた。

「どう、やってくれるね。別にむずかしいことではないんだから」と主人は彼の前の腰掛に腰を下ろ

しながら、今はにこにこと笑顔を見せて、「髪もそのまま、鬚もそのままの方が好いんだよ。お前さんのその立派な目鼻立ちが好いんだよ。——お前さんも昔は由緒ある家の人だったんだろう。そんな立派な目鼻立ちをしているんだから」

「いえ、なに、へえ」

滅多に云われたことのないお世辞であったので、少しどぎまぎしたが、併し嬉しくないことはなかった。——「私も生れながらの非人ではないので」と云うような事を訴えたい気持が少し出かかったが、併しそんな事を云っても始まらないと思ったので市太郎は黙っていた。何も由緒があるほどではないが、併し一時は静岡の方で小さいながらも八百屋の店を持っていたことがあった。併し彼は性来の怠け者であった。女房に逃げ出されたが、後になると逃げ出した女房の方が無理もないような気もするのである。——併しそんなことを思い出したところでそれが一体何だろう。

「それじゃ承知してくれるね。明後日の午前十時……十時より少し前に此処に来て貰いたいんだ。唯来てくれれば好いんだよ。お前さんが来てくれないと困るんだからね。外にかけがえがないんだから。——それじゃその内金として今百円だけ上げて置くよ。後の四百円は明後日上げるからね。それから今日のラーメンは私がサーヴィスして置くよ」

まるで夢のような話であった。市太郎はラーメンを唯御馳走になり、金を百円貰って青奄軒を出て来た。さっき拾った金を加えると二百円ふところに出来たわけである。そして明後日になるとこの上更に四百円貰えるというのである。

彼は屋台で焼酎を一杯ひっかけて、上機嫌で山の小屋の方へ帰って行った。白耳はいなくなった。猫はとうに殺してしまった。もう桃園荘のゴミ箱は完全に自分のものである。自分に敵対するものは今や何もない。この世の中に心配することも気になることも何もない。——彼は悠然として歩いて行った。一種の幸福感が胸に溢れていた。

別荘街を通り越し、丘陵の方へ上って行くと、道ばたの草の間から彼の足の方へちょこちょこと寄って来たものがあった。犬の子であった。

「捨て犬だな」と云って彼はそのまま歩いて行くと、犬の子は彼の後を追うようにしてついて来た。非常に人なつこい。

彼は立止ってその犬の子の頸をつかんで空にぶら下げて見た。ほのぼのとした薄月夜であった。薄茶と白の斑《ぶち》で、生後一カ月位経っているかも知れない。男犬であった。

「あっはっはっは、手前白耳のような毛色をしてやがるな。あの白耳の落し子じゃねえか。手前の父親は浮気だったからな」

実際、白耳はこの近辺での強者であるだけ、この近辺の牝犬を牛耳っていた。別荘の牝犬の尻をつけまわすので、この駄犬のかかることを恐れる別荘人たちは、白耳をよく棒で追いまわしていた。そういう別荘の何処かの牝犬にかかったので、駄犬の子というので捨てられたのではないか。無論白耳の落し子かどうかは解らなかったが、併し市太郎の思うように、そうでないとも限らなかった。

「手前の親父は今頃はお駄仏だぞ。まあ、仕方がねえ、手前も野垂れ死にして親父の後を追うが好いや」

そんな事を云って、彼は小犬を地面に置くと、又歩き出したが、小犬は小さな尻尾を振りながら、ちょこちょこと彼の後をついて来る。彼が足を早めると、それに追いつけないのを悲しむように、くんくんと啼き出した。

「ちぇッ、仕様がない奴だな」と彼は立止って振向いたが、いつかしゃがんで「来い、来い、来い」と呼んでいた。彼は桃園荘のゴミ箱のところにつれて行って、小犬に残飯を食べさせた。余程ひもじかったと見えて、小犬は貪り食った。彼は古缶に小川から水を汲んで来て小犬に飲ませたりもした。

「さあ、その辺で寝ているんだぞ」と小犬に云って、彼は小屋に入って横になったが、夜中に小犬が啼き立てるので、うるさくて寝つかれなかった。

「叱！　うるさい！」と彼は時々叱りつけた。彼の声を聞くと、小犬はちょいと啼き止む。が直ぐ又啼き出す。而も今度は彼の直ぐ小屋の入口に来て啼くのである。

「叱！　うるさい！」と彼は更に二三度叱ったが、「ちょッ、しょうがねえ！」呟きながら、とうとう小犬を小屋の中に連れて来て、彼の寝ている藁の裾に置いた。すると小犬はそれきり啼かなくなった。

五

青奄軒の主人の云った仕事というのは意外な仕事であった。約束の時間に青奄軒に行って見ると、主人は上機嫌に市太郎を迎えた。そして彼の着ていたぼろにも劣らないような鼠色のぼろぼろの布を彼の肩から引っかけさせ、腰にオモチャの昔風の剣を佩かせた。左手に弓を持たせ、右手にはこれもオモチャの鷹を持たせせた。その鷹を右手で少し高めにさし上げて歩けというのである。そして彼の胸に「建国創業――青奄軒」と書いた白布がぶら下げられた。つまり神武天皇にされたわけである。

その日は毎年の例で、この温泉町では梅祭を行い、その余興として、仮装行列の催しがあるのであった。この梅祭はもとより客寄せが目的なので、人気を呼ぶためにその仮装行列には、町が賞金を出して奨励した。そこで青奄軒の主人は、市太郎の顔や姿を見ている中に、その仮装行列に市太郎をかり出して、見物をあっと云わせ、自分の店の宣伝をすると共に、あわよくば賞金をせしめようという野心を起したのであった。

正午に海岸の小公園に勢揃いした仮装行列は、一発合図の花火が揚ると共に、しずしずと町を練り歩き始めるのである。最初は海岸通を練り歩き、それから町の中心である銀座を練り歩き、そこから道順によって各町々を。――道の両側には何処も彼処も見物が人垣を作っていた。東京を始め各地からの人出が四万とか五万とか云われ、この温泉場に落ちる金は一日にして一億円を越えると云われる。

仮装行列は熊とか虎とか獅子とかゴリラとか南洋の土人とか、その構想は平凡なものが多かったが、その中で目立ったのは、ガンジーと建国創業の神武帝ということであった。それは構想が奇抜というのではなく、二つながらにその迫真性で他を圧していたというのである。そしてこのガンジーも神武帝も共に浮浪者であった。但し一般の見物はそれが浮浪者であることは知らず、ガンジーは銀座通の或名産屋の出しものであり、神武帝は青奄軒の出しものであるということが、人々の話題に上っただけであった。

ガンジーは西の丘陵に住んでいる浮浪者（そこには浮浪者が数人いた）で、通称仲間で「甚」と呼ばれている男で、恐らく本名は甚吉とか甚三とか云うのであろうが、市太郎とも顔馴染であったが、別段近しくしている間柄ではなかった。平生から痩せた男で、背が高く、肋骨の出ている身体つきや、目の凹んだ顔附がガンジーそっくりであった。名産屋はそこに目をつけたのであろう。それが裸かで何か身体中に黒光りをするものが塗られているので、余計効果的であった。その黒いものは臭いによるとコールタールらしかった。それにしてもいくら暖かい春の日中であっても裸かで何時間も歩くということは堪らないであろう。それに較べると、神武帝はぼろを引っかけているので少しも寒くはなく、楽であった。

町役場の人や旅館の主人や土地の新聞記者などが、自動車に乗って行列の先になったり後になったりして走りまわったが、これはつまり審査員たちで、あらゆる角度から仮装の出来栄を吟味しているわけなのである。

各町をゆっくり歩きまわった行列は、午後二時頃再び最初の出発点である海岸の小公園に戻って来た。それから審査員の投票があり、その結果が二時半に発表された。第一位はガンジーであり、第二位は神武帝であった。それは衆目の一致するところで、審査は公平だと云われた。

その仮装人物を出した商店名が高く呼び上げられると、そこの主人が一歩出て行って、町長の手から賞状と賞金を貰うのである。呼び上げる度に見物が拍手した。青奄軒の主人は、その帳場に坐っている時とは見違えるような仕立ての好い背広服にしゃれ込んで、嬉しそうに出て行って、町長の前にぴょこんとお辞儀して、賞状と賞金とを受取っていた。第一位の賞金は三万円であり、第二位の賞金は二万円であった。――青奄軒の主人は、僅かな実費でこの賞金にありついたということを得意に思っていたであろう。

三時に仮装行列は解散することになった。

「実に上出来だったよ。君は立派な顔立ちをしているから、ああして悠然と歩いて行くと、全く神武天皇の再来のように、威風堂々としてあたりを払う趣きがあったよ」

大得意の青奄軒の親父は、そう云いながら日当の残りの四百円の外に、「これは賞に入ったから特別手当だ」と云って二百円を紙に包んでくれた。そして、

「祝盃を上げるから、今日はゆっくり飲んで行け」と云って二合罎一本と五目焼飯とを御馳走してく

れた。

　市太郎は六百円をふところにし、ほろ酔機嫌で山の小屋に帰って来た。人をダシに使って二万円の賞金をタダ儲けしながら、合計七百円しか自分にくれないのは怪しからないなどという考えは、彼の心には来なかった。六百円という金は彼には大金であった。彼はそれを入れたふところの温かさと、久しぶりで飲んだ二級酒の味と、これ亦実にいつ食べたかさえ忘れてしまっていた温かい五目焼飯のうまさとにすっかり満悦していた。これは一昨日のラーメンなどより又段違いのうまさであった。彼はその日五目焼飯を少し残したのを紙に包んで持っていた。余りうまかったので小犬に少々みやげに持って行きたかったのである。

　かれは二晩小屋の中に寝かした小犬にすっかり愛情を持ち始めていたのである。

六

　併しこの仮装行列は一つの恐ろしい悲劇を起した。それはガンジーに扮した「甚」がその翌日に死んだことであった。

　摂氏十二三度の気候の中に数時間裸体でいたので、風邪を引いたということも原因であったが、それと同時にコールタールを皮膚から吸収したという事も内臓を痛めた原因だと云われていた。「甚」

は行列のあった晩、西の丘陵の麓でうんうん唸ってころがっていたので、行路病者として病院に担ぎ込まれたが、手当の甲斐なくその翌日、苦しみ死に死んだというのである。彼を仮装行列に雇った名産屋は、それを聞くと、施料を有料に変更して、十分手当をするようにと病院に申し込んだというが、併しその身体にコールタールを塗らしたという事で、非難の的になっていた。

併しその事は市太郎は知らなかった。彼はふところの温かさに、その日から金物拾いにも出ず、毎日小犬と遊んでいた。そして夜は町まで下りて行き、屋台店で焼酎を飲んで来て、好い気持で小犬と一緒に寝た。

町の一部にはガンジーの死んだことが伝わっていたが、そして浮浪者仲間にもそれは無論知られていたに違いないが、町の人は彼に向かって話しかけようとはしなかったし、又浮浪者仲間とふだんつきあわない彼には、誰もそれを知らせるものがなかった。

それだから彼は全然知らなかったのである。

それから二日ほど後の或晩、市太郎は熟睡している時、突然、

「おい、起きんか、起きんか」と声をかけられた。眼がさめると懐中電灯の光が自分の顔を照らしていた。

小屋の外に警官が二人と書類を抱えた背広の若い男一人とが立っていた。

警官が尋問を始めた。市太郎はおろおろしていた。何かの犯罪の容疑か、それとも単なる浮浪者狩

りか見当がつかなかった。浮浪者狩りなら大したことはない。犬と違うから注射で殺されるわけではない。これは何処の警察でも時々やることで、その警察の管轄区域でボヤを起したり、窃盗を働いたりさせないために、捕まえて来て管轄区域外に追っ払うだけのことである。そして何処かに身寄りがあるというように答えれば、余程遠いところだとそうは行かないが、そう遠いところでなければ汽車賃やバス代位恵まれることもよくあるのである。

少し応答している中に犯罪容疑ではなく、単なる浮浪者狩りであることが解って来た。背広の若い男は刑事ではなく、役場の人であることも解って来た。警察と役場とが協力して何か急いで自分達を町から追っ払おうとしているのであろう。——これは市太郎の想像通りで、ガンジーの死以来、急に土地の浮浪者が問題になり、この際この観光地から浮浪者を一切放逐してしまおうという協議が警察と役場との間に成立ったのである。……

そういう実際のことは知らなくとも、その巡査や役場の者の様子から、市太郎は「これは金が貰えそうだぞ」という事を本能的に嗅ぎ出した。そこで恐る恐る彼はこう云った。

「小田原で人夫をやって居りまして、へい、金田組に雇われていたんですが、去年の暮に仕事にあぶれまして……へい、家に帰る途中御当地までまいりまして、ついこうして御手数をかけることになりまして……」

「ふうむ。家は何処だ？」と巡査の一人が訊いた。

「下田でございます」と市太郎は口から出まかせを云った。

「下田?」と背広の男が引取って、「遠いな」と呟き、何か手帖を開いて懐中電灯の光で調べていたが、「伊東までが四十円……伊東から二百八十円か。少し高過ぎるな。これは予算が狂うぞ。……併し仕方がない」

そんな事を云いながら、一枚の書類に市太郎の云った通りに、「五十嵐市太郎」と書き、「さあ、此処に拇印を捺してくれ給え」

市太郎が背広の男が出した朱肉に拇指をつけて書類に捺すと、男は三百二十円を数えて彼に呉れた。

「いいか、明日の朝直ぐ此処から立退くんだぞ。明日中に立退かないとブタ箱だぞ」と巡査の一人が叱りつけるような調子で云った。

「へえ、朝になりましたら、直ぐ立退きます」と市太郎は丁寧にお辞儀をした。

巡査たちと背広の男とは、先に未だ急ぐことがあると云ったように、直ぐ町の方へ引っ返して行った。

市太郎はぺろりと舌を出した。うまくやったものだと思った。この間の金がまだ五百円近く残っている。そこに三百二十円である。「今年はこれは有卦に入って来たぞ」と彼はつぶやいた。

秋から春まで半年も此処にいたのである。此処は好いところで気に入ったが、もう何処かに移っても好い頃である。彼は清水の方へ戻って行くのも大して興味はないから、今口に出したように、ほんとうに下田の方へでも行って見ようかと思った。どうせこんなぼろを着ていては、バスに乗るわけには行かないから、少しずつそっちの方へ歩いて近づいて行けば好いのである。明日は網代あたりまで行って見るか。

翌朝も好い天気であった。彼は小川に行ってうがいをしながら小川に別れをつげた。それから長い間自分を養ってくれたゴミ箱で最後の朝飯を食べると、ゴミ箱にも別れを告げた。

「いつか又御厄介になりますぜ」と彼はゴミ箱に向かって笑いながら云った。それはゴミ箱を通して、自分に笑顔を見せたことのない桃園荘の女中に向かっても挨拶しているつもりであった。

彼は鍋やバケツ等の七つ道具を、自分の身の廻りいっぱいにぶら下げた。それから側で尻尾を振っている小犬に向かって云った。

「小僧、お前も行くか。置いて行っては可哀そうだからな。——少し歩くんだぞ。いいか。くたびれたらふところに入れてやるからな」

彼はその丘陵を下り始めた。彼の後からは小犬がちょろちょろ歩いていた。

ゴミ箱の火事

関根弘

夜なかみんなが
眠っているとき
きこえてくる
黒いゴミ箱のなかの声

忘れちゃイヤだよう
目がつぶれても
ぼくはまだ人形だよう
かけらになっても
ぼくはまだ鏡だよう

実体のないマッチの空き箱
泡ときえたシャボンの包
タネを残したリンゴ
胃を残した魚
目がつぶれた人形
かけらの鏡
目下は同居
野良犬が
片輪の人形を
オモチャにする……
クズ拾いが
こわれた鏡から
信じられない発明をする
(要するに
クズがホントのクズになるのは
もいちどなにかの役に

立ってからです）

一九××年
しかし
ゴミ箱に火をつけてまわる男がいる
雨はなく
いつ大火事になるかもしれない

忘れちゃイヤだよう
目がつぶれても
ぼくはまだ人形だよう
かけらになっても
ぼくはまだ鏡だよう

夜なかみんなが
眠っているとき

きこえてくる
黒いゴミ箱のなかの唄

ゴミ屋敷

中村文則

妻が死んでから、男は動かなくなった。
時折瞬きはするが、あらゆる意志や感覚が抜けたように、少しも身体を動かすことがなかった。妻の死を聞いて病院に走り、寝台に横たわる妻を見た瞬間だった。妻は白いシーツに覆われていたが、病院の配慮の足りなさから、口が大きく歪み、両方の目が開いていた。男は足の力が抜け、ゆっくり座り込みながら、白いタイルの床にそのまま倒れた。明かりが遮断され、温度のある生命を拒むような、ひんやりとした霊安室だった。『あんなに電気ショックを与えたのは、初めてだ』側にいたまだ若い担当の外科医は、ぼんやりしたまま、自分の親指の関節を眺めていた。『……電気ショックで患者が蘇ると、何だか気味が悪くなる……。でも電気のショックで命が戻るというのは、そもそも、どうなんだろう』
市営バスが、大型トラックと正面から衝突した。遠くまで見渡せる広い道路で、過剰労働のトラック運転手が居眠りから覚めた瞬間だった。市営バス側の死者は二名で、運転手を含む重傷者が三名、軽傷者が七名。トラックの運転手は、手首を骨折するという軽傷だった。

動かなくなった男は三十歳の会社員で、妻は専業主婦だった。バスに乗る習慣のない妻がなぜバスに乗っていたのか、どこに向かっていたのか、その時は誰にもわからなかった。男はソフトウェアの開発を手がける小さな会社に勤め、数字に強いこともあり、経理の仕事もやらされていた。仲の良い若い夫婦という、よくある評判しか聞かれなかった。妻は三十二歳で、子供はまだいなかった。

男は、そのまま入院することになった。身体をピクリとも動かさず、目を開けたまま看護婦の呼びかけにも一切答えない男と、意思の疎通はできなかった。男は、看護婦達の手によって、検査用のガウンを着せられ、薄い布団に肩まで覆われ、仰向けにされた。数日入院すれば、気持ちも落ち着くと病院側は判断していた。珍しい患者である男を、他の入院患者達がよく見物に来た。彼らは無言で男を取り巻き、くすぐったり、髪を引っ張ったりしたが、男はピクリとも動かない。その度に、入院患者達はざわざわと感嘆の声を上げた。病を払う「生き神」として、男に手を合わせるグループもいた。子宝に効く、受験に効くという噂も上り、中には、一人で静かに、男の病室に入り込む患者もいた。誰かに聞いて欲しいが誰にも言えない恥ずかしい秘密を、男に向かって懺悔するのだった。

妻には身寄りがなく、男の両親は死んでいたため、男の弟が呼ばれた。弟が病室に入っても、男は弟を見ることがなかった。『だけど、健康じゃないか』とその時弟は思っていた。『顔色もいいし、ただ目を開けてじっとしてるだけじゃないか。……わけがわからない』弟は困惑したが、しかし兄が入院していることに、密かに安堵していた。自分が引き取ることになれば、たまらないと思った。

「でも……、どういうことです？」

弟は、念のためというように看護婦に言った。この看護婦はここ数日で、自分にサディズムの傾向があると自覚し始めていた。

「一時的なものだと思います」

「一時的……まあそうでしょうね」

「……見ててください」

看護婦は、真剣な表情で綿棒を二本出し、男の鼻の穴に差し込み、ゆっくりと撫で回した。

「……どうです？」

「……やめてください」

弟が言うと、看護婦は勝ち誇ったように弟を見、さらに綿棒を奥へ差し込み始めた。

「動かないんです。ほら、これで動かない人間は、核戦争でも動きません！」

「だから、もういいですよ」

「ほら、ハアハア、ほら！」

看護婦は綿棒に夢中で、男の脈拍が異常に早いことを、弟に言い忘れていた。弟は、義姉の葬儀をしなければならないと、鼻から綿棒が出た兄に繰り返していた。だが、男はただ目を見開いているだけだった。弟は諦め、兄の鼻から綿棒を抜き取り、自分が葬式を出すしかないと思った。夫として、兄は間違っている。そう思ったが、しかしどうしようもない。目が空ろな綿棒の看護婦が気になったが、しかし全てを病院に任せれば、なるようになると考えることにした。

この事故で死んだもう一人の被害者は三十四歳の会社員の女性で、夫は会計士だった。会計士はまだ小さい子供を抱きながら泣き、しかし強く生きる意志を固めた。会計士は、悪はトラック運転手よりも過剰に労働させた運送会社にあり、さらに、規制緩和により競争が激しくなり、それをきちんと監督しなかった行政にあると判断した。会計士はマスコミを巻き込み、残された子供を抱きながら署名活動を始め、悲しみに耐えテレビにも出演した。会計士は世論の支持を受け、数年後、行政の管理官の増員という成果を得ることになった。

看護婦達は、初めはこの動かない男に同情的だった。妻が死んだ衝撃で硬直した男を気の毒に思い、早く回復して欲しいと願っていた。だが、五日経っても動かず、下の世話までさせる男に、不愉快さを感じる者も少なくなかった。テレビでは、もう一人の遺族が、悲しみを乗り越えるために強い意志を示していたし、妻の葬儀に男が出席しなかったことも、病院内に広がっていた。だが、あくまでも男は妻を亡くした人間で、そのような人間を、悪く言うのは不謹慎に思われる。彼女達の多くは、男のことを考えないようにした。面倒なことは考えない。そうすることで、彼女達は自分達の良心のバランスを保った。似たことが、会社の同僚達にも見受けられた。わざわざ見舞いに来ても何の反応も見せない男に、彼らは密かな苛立ちを覚えていた。男の上司は男の処遇に困り、取りあえず休職処分にすることにした。
　男は食事もしようとしなかったので、栄養は点滴によって補われていた。二週間が経った時、男の担当の医師は、何らかの決断をしなければならなくなった。病院の空きベッドがなくなり、男の保管は合理的でなかった。治しても治しても病気になり死んでいく患者達に囲まれ、医師は疲れていた。死んだ人間の数だけ、また新たに病気になって入院する患者達がやってくる。『これは内科じゃない』医師は、なぜ最初にこの判断をしなかったのか、不思議に思った。『これは精神科の案件だ。絶対に内科じゃない。内科に置いても、この男の存在に意味はない』
　男のベッドが精神科を目指して移動している時、精神科では、複数の医師が過労で倒れ、一人の太った医師が全ての患者を診察していた。本来なら興味深い患者である男も、彼の気持ちを動かさなかった。仕事に対する意欲は、忙しさの中で薄れていた。『送り返してやる』太った医師は、ポテロングを食べながら心に決めた。『質問に答えないなら、耳が悪いかもしれない。脳波も調べる必要があるし、俺は一人だし。あいつらは、たくさんいるし』
　男は耳鼻科に運ばれ、脳外科に運ばれ、皮膚科を経由して眼科に運ばれ、少し太ってまた内科に戻ってきた。だが、内科で男を待ち焦がれていた綿棒の看護婦が、男に食事をさせることに成功した。やり方は、男の口を無理やり開け、無理やり流動食を流し込む、というものだった。男は口に溜まった流動食に不快を感じると、吐き出すのではなく、男らしく飲み込むのだった。点滴が必要ないなら、入院の理由はなかった。担当の医師は喜び、ガッツポーズをし、男の退院が決まった。「自宅で様子を見ましょう。異変があったら来てください」医師の満面の笑みの説明に、弟は静かに頷いた。『でも葬式もやった挙げ句、もう引き取るのか。自分の部屋は狭いし、仕事もあるしとても面倒なんて見切れない』弟は、しかしあまり考えることのない、率直な性格を持ち合わせていた。『今こそ親の遺産を使うべきだ。点滴がいらないなら、兄の家に兄を置いて、ヘルパーを雇えばいい』新たな入院患者と新たな死者の噂で盛り上がっていた病人達をかきわけ、弟は病院を後にした。担当の医師は、ゆっくりと診療室に戻った。治したばかりの箇所をまた悪化させ、以前よりも生命の終わりに近づいた再診の患者を迎え、弱々しく頷いて見せた。

弟は、同僚から女性のヘルパーを紹介された。勤め始めたヘルパー派遣の会社が倒産し、途方に暮れていた十九歳の女だった。兄のことを他言したくなかった弟は、彼女に個人契約を持ちかけた。「月三十万払うから。兄の家に泊まって、何から何まで世話して欲しい」女は、しかし男の家に泊まり込むのは気が進まなかった。時間のなかった弟は譲歩し、ならば八時から二十一時まで世話をして、後はオムツでも穿かせてくれと彼女に言った。

男は病院側の特別の計らいで、救急車によって自宅に運ばれた。男の家は、二階建ての、両親から受け継いだ家だった。ヘルパーの女は大量のオムツと、大量の流動食の材料を買って待っていた。救命士達の手によって元のベッドに乗せられる男の様子を、女は感動して見ていた。『本当に動かない！』女は、男の伸び放題の髪を愉快に切ることや、顔に落書きすることを思いついていた。だが彼女の将来の夢は作家になることで、この貴重な体験は、その時のネタになるとも思っていた。『……安部公房なら、きっとこのすね毛からカイワレ大根が生えてくるはず』女は、緑の眼鏡を光らせた。『ボリス・ヴィアンなら、身体から大きな花が、次々に咲き始める……、私なら、どうするだろう。……カイワレ大根や花から……、きっと大木だ。うん、大木に、違いない。そしてその大木はやがて日本を覆って、世界を覆って、無数の枝で世界の全てを絞め殺すんだ』自分のアパートに帰った後、女はその光景に身体が火照り、ベッドの中で身悶えして眠れなかった。

だが、幾日が過ぎても、男のすね毛からカイワレ大根は生えてこなかった。女は失望し、腹を立て、罰として男の額に「耳より情報」と書いた。だが、食事の時間は、愉快だった。男の口を無理やり開け、流動食を流し込む。口や喉に流動食が溜まると、男は、というより男の身体は痙攣したようになり、しばらくピクピクすると、もっとピクピクして飲み込むのだった。女はそれを見ながら笑い、ついつい、流動食を多く流し込んでしまった。

女は、男が植物になるのを諦めなかった。植物用の肥料を流動食に混ぜ、モーツァルトを聴かせ、昼になればカーテンを開け日光を注いだ。男が流動食をこぼす度に、女は罰を与えた。油性ペンで左右の眉毛をしっかりと繋ぎ、男の一重まぶたを二重にした。そして、小型のクリスマスツリーを購入し、その根っこを男の剝き出しの腹に乗せた。ツリーの根が男の腹に絡み、そこから養分を吸収できれば、何となく面白いんじゃないかと思っていた。

弟が男の家を訪ねた時、兄の姿を見てその場に立ち尽した。額に耳より情報と書かれ、二重まぶたになり、腹にクリスマスツリーを乗せている兄を見て目に涙が滲んだ。弟は女に怒鳴ろうとしたが、しかし女が目を潤ませ、問いかけるように見てくるので、上手く言葉が出てこなかった。女は弟の隙を逃さず、涙を流し、胸の谷間を寄せながら謝ることにした。弟は呆然としたまま、気がつくと女を許していた。女が喜びの涙を流し、感謝の言葉を口から出し続けたので、元々気の弱い弟は何も言えなくなってしまった。女との契約が、もう一ヵ月更新された。

その翌日の夕方、買出しから帰った女が男の自宅の鍵を開けようとした時、中から物音が聞こえた。何かが生まれたと思い、喜びと不安を感じながら女がドアを開けると、男が玄関に立っていた。二重まぶたで眉毛の繋がった男が、女には急に凛々しく見えた。これが恋か、と思った時、男が意識を取り戻しているのに気づき、驚きのあまり声を上げた。だが、男は女を見ることなく、部屋の中を動きまわっていた。タンスの中から赤い上下のトレーナーを取り出し、ゆっくり着ると、なぜか男は落ち着いたように見えた。緊張しながら男を凝視している女の前で、また男は、自分のベッドに横になった。

翌日、男は朝から起きていた。起きている男に流動食は無理だと思い、女がコンビニ弁当を差し出すと、男はトイレに行ってから、何も言わず食べ始めた。男が正常かどうかわからなかったが、少なくとも、誰かの手を借りる状態ではないと思った。女は恐怖した。これでまた職を失う。男に落書きもできなくなる。女は、弟には黙っておこうと思った。

男は、押入れを漁り、何かを見つけようとし、見つからず、部屋の中をぼんやり眺めることが多くなった。女は部屋の隅に一人で座り、ニンテンドーDSに忙しかった。男は、やがて一人で出かけるようになった。捨てられた電化製品を時々持ち帰り、それを部屋の空いたスペースに、何かを埋めるように置いた。男は風呂に入らず、女もそれを促すことはなかった。眉毛と額の字が時間と共に薄れた男に、もう女は興味を失っていた。そして何より、ニンテンドーDSに忙しかった。

男の姿は、近所の川岸や、工場の跡地などでよく見かけられるようになった。川に捨てられた自転車やドラム缶などを、自分の自転車に括り付けて運んでいくのだった。近所の人達は、ゴミ拾いをする誠実な若者だと、男のことを考えていた。だが、男が拾った自転車の、タイヤの部分を川に投げ捨てることや、空き缶は拾うが、ペットボトルは無視することにまだ気づかなかった。

男は、主に台所で動いていた。高さ三十センチほどの塗料の缶を拾い集め、並べながら床を埋め、その上に自転車の各部品、空き缶、オーブン・トースター、鉄パイプや自動車のドア、角材、また板や本棚を置いた。錆びたオーブン・トースターの上に自転車のハンドルを放り投げ、自動車のボンネットを斜めに立てかけ、角材を無造作に重ねた。女が弁当を差し出すと急いで食べ、女が弁当の容器を捨てるのは無視するが、割り箸と爪楊枝を捨てようとすると何かを呻きながら抵抗した。台所が鉄や木で腰の辺りまで埋まると、男はリビングに目を向けた。絵画の額縁や汚れた戸棚、電話台、ゴムの箇所を外した冷蔵庫、ストーブ、男が木材や鉄材を集める度に、女は居場所を失った。男は、動作に疲れると、その鉄屑の隙間に身を埋めるようにして眠った。女は、ニンテンドーＤＳの合間に、男の表情をぼんやり眺めた。集めた鉄屑を身近に置き、それと同居するように身を横たえ、男は何かに安堵したように眠っているのだった。

女は、混乱し始めた家の中を、静かに見渡していた。鉄パイプは直線であり、自転車の車輪を覆うドロ避けは曲線だった。針金の輪は円であり、排水溝の蓋は四角の形だった。ボンネットの窪みはそこに何かが埋まる可能性をほのめかし、重く確かに存在するドラム缶の円は、その上に何かが積まれる蓋然性を有していた。男は、真剣な表情をしながら、自分の集めた鉄材を眺めることが多くなった。女も、ニンテンドーＤＳに疲れると、微かな不安を感じながら鉄屑を眺めた。鉄屑は重く、硬く、確かに空間を埋め、部屋の床の上に存在し続けていた。物という静寂の中、複数の鉄屑がその存在を主張しているような、浮き出してくるような、そんな感覚を覚えたりもした。男の家は、無数の直線と曲線に溢れていた。男は目を閉じ、自分の意識に集中するように顔をしかめると、鉄屑を見渡した。鉄屑に触れ、その物体の感触を確かめるように、ゆっくり撫でた。ドラム缶の上に自転車の残骸を乗せ、首をひねり、今度は、喫茶店の看板を置く。しばらくぼんやり眺め、その上にバイクのハンドルを乗せると、ゆっくり動き始めた。角材の束の上に自動車のホイールを乗せてやめ、代わりにトースターを置き、缶を並べ、それを針金で固定すると、また外に出て鉄屑を集め始めた。

男の弟は、季節が寒くなるにつれ疲れていった。仕事が忙しく、栄養ドリンクを飲み過ぎ、シャワーを浴びても栄養ドリンクの匂いが消えなかった。仕事に疲れてもそれを慰める彼女もなく、元々女と上手く話せない上、満たされない性欲が鬱積しているのに、同僚達のように風俗に行く勇気もなかった。時々、弟は栄養ドリンクを握り締めながら机で眠った。目が覚めると、向かいの机にはいつも、徹夜の部長の姿があった。部長は、栄養ドリンクを口から垂れ流しながら笑い、「君は真面目だねえ。じゅるじゅる」と弟に言った。その部長の黄色く濡れた笑顔で、また新たな一日が始まるのだった。

弟が兄の家に行かなかったのは、余裕がなかったからだった。こんな状態に上乗せするように、兄を見て気持ちを沈めることとは考えられなかった。だが、疲労も一線を超えてしまい、もっとそこに浸りたい、新たな疲労を抱えて自分に酔いたいと思うようになっていた。弟は久しぶりに兄の家に向かった。合鍵を使いドアを開け、弟は息を飲んだ。

タイヤとグリップとサドルとブレーキと反射鏡、つまりゴムとプラスチックの部分が剝ぎ取られた自転車が十数台、様々な角度で玄関と廊下を塞いでいた。民家から抜き取ったような巨大な柱がその上に横倒しになり、周囲にカラフルな空き缶が散らばっていた。羽子板や金盥、錆びたヤカンや窓枠、水道の蛇口が針金で結ばれ、リビングに続くドアを半分ほど塞いでいた。弟は這うようにそのゴミの上を進み、リビングを覗くと、ドラム缶や自動車のドア、バイクの泥除けや荷台、どこかの風俗の看板、パイプ、金網、シャッター、錆びた自動販売機、鉄柱が入り乱れ、ベニア板が横や縦になり、兄の姿も女の姿もなかった。弟がまだ無事の階段に目をやると、上から女の悲鳴が聞こえた。弟は驚き、混乱したが、どうやら、それは歓喜の叫びのようにも思えた。弟は這うように階段を上がり、声の聞こえたドアを開けた。そこは、弟がまだ両親と兄と共に住んでいた頃の、自分の部屋だった。机がなぎ倒され、ベッドが縦になり、何かの作業の途中のように、鉄屑や木材が部屋の隅に積まれていた。赤いトレーナーを着た兄が動いているのに驚き、その兄が針金を口にくわえているのに驚き、女がニンテンドーDSを持って飛び跳ねているのに驚いた。兄は、弟を見ても何の反応もしなかった。弟が叫ぶと、女は驚き、恐怖に捉えられたように弟を凝視した。

「これは……、んん、何だ」

弟は、肩で息をしながら、ようやくそれだけ言った。

「兄さん、ていうか、いやもう、僕は……」

弟は、そう言うと泣き始めた。弟は元々涙もろく、次々と涙を流し、その場にうずくまった。女は弟に近寄り、その頭を優しく撫でた。

「大丈夫。心を開きなさい」

「……え？」

「鯵の開きみたいに」

弟は泣きながら崩れ落ちそうになったが、床に手をついて踏みとどまった。

「……というか、兄が目覚めたなら、何で報告しないんだ」

「うわ」

「え？」

「ううん、違うの、……ごめんなさい」

女は胸を寄せ、それだけでは足りないことに気づき、ボタンを二つ外し、首を傾け、微かに笑いながら、挑むように弟を眺めた。その時、弟の中の何かが裂けた。「ちくしょお！」弟は心臓の鼓動が激しくなり、下から突き上げてくる得体の知れない衝動に、我を忘れた。「もう、何でもいい！　どうにでもなれ！　俺も、俺も、もういい子ちゃんは終わりだ！」女は弟の言っている意味がわからなかったが、まだ給料をもらえると思い安堵した。弟はしかし我に返り、思考を一旦停止させ、その場で煙草を吸い始めた。煙草は火によって灰になりながら徐々に消耗し、力なく床に落ちた。弟は自分に危機が迫ると、思考を止め、さらに悪い方へ落ちていく気の毒な性質があった。男はその間、弟の煙草が徐々に灰になっていく様子を、横目でいつまでもじっと見ていた。

ゴミ掃除をする感心な若者、という近所の評価は、ゴミを集める変な男という評価に変わりつつあった。男は風呂に入らなかったので妙な臭いがしたが、その臭いが鼻に痛みを感じるほど強くなると、女が男をトレーナー姿のまま風呂に入れ、ボディーソープを頭から大量にかけ、シャワーを大量に浴びせた。そうすると、いつも男は寂しそうだった。近所の主婦達は、きっと何かよくないことが起こる、と思っていた。男を見ると不安げに目を逸らし、自分達の生活のことだけを考えようと努力した。だが、男の家の屋根を突き破る巨大な鉄パイプが上空に出てきた時、主婦達は、恐れていたことが現実になったことを知った。窓が割れ角材が飛び出し、鉄格子のようなものが飛び出し、壁が破れて男も飛び出した。男は屋根に登り、上空を見上げ、「ウラー!」となぜかロシア式の叫び声を上げた。家の壁がバリバリと音を立てて崩れ、屋根がずり落ち、半壊した家の中から巨大な鉄屑の山が出現した。近所の住民達は、恐怖でその場に立ち尽くした。見てはならないものを見、起きてはならないことが起きたのだと思った。住民達は町内会長の下へ走り、町内会長は市役所へ走った。

事情を聞いた市民課の課長は、全てを係長に一任することにした。市民課の係長はマサルという名前で、なぜかネームプレートには彼だけMASARUとローマ字で書かれていた。MASARUは四十七歳の小太りの男で、座右の銘は「ことなかれ主義」だった。彼の手にかかるとどのような案件も、市民達の大いなる不満の中で、何となくなかったことになるのだった。MASARUは貯金が趣味の独身で、時々通帳を開いて身悶えするという、人に迷惑をかけないタイプの変態だった。

その夜、兄のすぐ隣で眠っていた弟は、夢を見た。光のない、巨大な暗闇の空間の中で、自分の身体が無造作に落下していく夢だった。だが、そこに地面がないことを、弟はなぜか予感しているのだった。その予感は、弟を恐怖させた。自分はいつまでも落下し続け、この圧倒的な暗闇の中で、落下する、ただそれだけの存在として、無造作に放置されているように感じた。自分の身体は小さく、暗闇は深く、大きかった。弟は、何かをつかもうとした。何かをつかみ、この空間を埋めようと思った。空間を埋め、この構造を組み替え、自分の落ちていこうとする意識それ自体を組み替え、この空間と落下の現象の全てを終わらせたいと思った。弟は落下しながらもがき、空間をつかもうとした。腕を伸ばした自分の指先が、暗闇に溶ける。暗闇に溶けた自分の指先に感触はなかったが、しかしそこには、何かがあると弟は思った。弟はさらに手を伸ばした。その空間には、僅かな動力のようなささやかな抵抗があり、北とも東とも呼べない何かの方向への流れがあり、澱みのような、ざわざわと広がる空間の強弱があった。弟は空中でもがき、腕を痛くなるほど伸ばした時、そのまま目が覚めた。弟が起き上がると、兄も目を覚ました。兄の背中が、鉄屑の隙間でぼんやり浮かび上がって見えた。その時、弟はさっきまでの夢を忘れた。女はどこで寝ているのかと思い、探そうとしたが、鉄屑が邪魔で見つけることができなかった。

　朝になり、男は自動車のドアとボンネットの破片を針金で巻き、その巻いた針金に鉄筋を丁寧に結び付け、さらにワイヤーで巻いた。その鉄筋は上空に向けて広がるようでもあり、結びつけられたボンネットの中へ集約しているようでもあった。民家であった頃の二階にあたる位置で、男は座り込み、黙々と動いていた。鉄筋を足元の鉄屑に突き刺し、ドラム缶を丁寧に凹ませその脇に置き、また針金で固定し、その上に自転車を乗せ、首を傾けてやめ、代わりに錆びたガードレールを乗せてやめた。針金は長い指のように鉄屑を巻きながら空中の空間を掻き、空き缶は、荒々しく空間を埋める鉄屑の山の中で、一定の間隔で配置されたように緻密だった。男は自転車を眺め、ベニア板に穴を開け、その自転車を中に通して途中で止め、針金で巻き、ゆっくりとボンネットとドアとドラム缶の上に置いた。自転車とベニア板が固定された物体とドアの角度を少しずつ変えると、それらが組み合わされたような大きな音がして、そのまま固定された。男は自分の意識に集中するように顔をしかめ、その作業が手探りであるかのように、ゆっくりと、空き缶を間に入れた。空き缶の色を変え、形を変え、配置を変え、その作業は数時間を要した。男はロープを使って地面まで下り、座るクッションの部分を剝ぎ取ったパイプ椅子を三つ、抱えながらまた鉄屑の山を登った。男は鉄屑の山を登り、その上に鉄屑を積み上げ、形を変え、配置を変え、また積み上げた。違和感のある箇所を剝ぎ取り、そこにまた別の木材や鉄屑を埋め、その上にまた積み上げ、その上にまた積み上げた。弟は兄の様子を見ながら、携帯電話で部下の商談に適当に指示を与え、くだらない取引先に謝り、契約を一つ解消してまた別の契約を結び、部下の伝達のミスを適当に許した。男はホイールを積み上げ、パイプ椅子の位置を修正し、トタンの壁を積み上げた。その度に男は自分の意識の中に集中するように、歯を嚙み合わせながら口を閉じた。ホイールの重なりは塔のように伸び、半分だけ開いたパイプ椅子とトタンの壁の連なりは、流れるように鉄屑の上を這った。日が暮れて、弁当を食べ、トイレに行き、鉄材を抱えて鉄屑の山を登った。日が落ちると眠り、目を覚ましてトイレに行き、弁当を食べ、また鉄屑の山に登った。

「昔……」

弟は、太陽に照らされる上空の兄を見上げながら、同じく兄を見上げている女に声をかけた。弟は、いつまでも終わらない電話に嫌気がさし、発作的に携帯電話を叩き割っていた。

「実は、昔……僕は、ジャンピング・オナニーをしたことがある」

「……ジャンピング？」

「そう、ジャンピング」

弟は、太陽の光を背にし、何かがふっきれたように微笑んでいた。女は、弟を笑っていいのか、殴っていいのかわからなかった。

「考えたことがある……。もし空中で射精したら、どうなるんだろうって。……僕は押入れの段によじ登って、そこでオナニーをしたんだ。そして、突き上げてくる射精の衝動を感じた瞬間、僕は飛んだ。何かを、放棄するみたいに。僕は空中で射精し、空中に僕の精液が飛び散った……。でも、わかるかな。ふふふ。先に飛んだのは、僕なんだ。僕は激しい腰の痛みと共に、先に地面に落ちた。そして、少し遅れて、精液が落ちてきたんだ、僕の頭上に」

弟の額の汗が、太陽の光に反射して白く光った。

「あんなに、悲しかったことはないよ。絶望と言ってもいい。自分は一体何者なんだろうって、そこまで考えた」

弟は、ゆっくり女の方に振り返った。

「あの時、僕は思ったんだ。僕はもう一生、高潔な人間にはなれないって。僕は一生、ジャンピング・オナニーをした人間として、生きていかなければならないって。……あの時の悲しみは、まだ僕の胸の奥にくすぶってる」

弟は、女の手をつかんだ。

「でももう僕は、何も恐いものなんかない。僕と、ぺ、ペッティングしてください！」

その時、近所の住民達が、MASARUと共に現れた。MASARUは市役所の白いジャージに灰色のスーツパンツという姿で、完璧な六・四分けの薄くなった髪の汗を、ユニクロのハンカチで拭っていた。

――ほら、あれですよ。酷いでしょう？

――頼むよMASARU。

――あんただけが頼りなんだ。

近所の住民達は、恐る恐る、MASARUの肩越しにゴミ屋敷を見た。MASARUは、眼鏡で小さくなった目をぼんやりさせながら、鉄屑の山を見上げていた。

『なるほど……、構造物』とMASARUは思っていた。『今のところ頑丈だが、それも今のうちかな……。あのまま進めば、崩れる。土台も錆び始めてるし……でもそれは、この世界の必然だ』

風が強くなり、MASARUの髪の毛が無残に乱れた。

『あの男は、不可能をやろうとしている。いや、不可能だから、やるんだろうか……。何があったか知らないが、しかし……』

MASARUが考えている途中で、住民達がMASARUを促す。MASARUは溜め息を吐き、自分の仕事を思い出した。

「……実害はありますか？」とMASARUは言った。

――実害？　見りゃわかるでしょう。あんなものが近所にあったら、たまらないですよ。

MASARUの言葉に、住民を代表して町内会長が叫んだ。

「……しかし、臭いもないですし、この鉄屑は敷地も出てないですからね……」

――おいおい、ダメでしょう？　こういうのは、ダメに決まってるじゃないか。

住民達は、不満の声でざわつき始めた。MASARUは、この騒ぎを収めることに意識を集中することにした。そして、三丁目のヤマダさんの奥さんが、声を荒げた。

――何を言ってるの？　地震が来たら崩れますわ！　こんな危険なもの！

住民達は、ヤマダさんの奥さんの意見に拍手を送った。MASARUは溜め息を吐いた。

「うーん……、調べたんですが、この鉄屑の耐震強度は、120％でした。ヤマダさんの家は40％。残念ですが、手抜き工事をされてしまったようですね。町内会長、あなたの家は30％ですよ。つまり、地震が来て辺りに被害を出すのは、むしろ……」

静寂が訪れたが、商店街の組合長が、口を挟んだ。

――ですが、騒音は？　ほら、また鉄屑が軋んだ。

「それも調べたんですが、この騒音は30デシベルで、市の定める基準値以下です。組合長のお孫さん達の騒ぐ声が70デシベル。ちなみに、ヤマダさん夫婦の夜の営みの声は120デシベルですから……これは市の条例違反です」

住民達は、言葉を失った。鉄屑の裏では、手を握られた女が弟にビンタしていた。

「まあ様子を見ましょう」これは、MASARUの殺し文句だった。

「様子を見ましょう。へへへ、様子を」

MASARUは嬉しそうに引き返し、市役所に戻る前に郵便局で記帳をし、風のように消えた。住民達は公民館に集まり、対策本部を設置することになった。ヤマダさんの奥さんは、営みの声は自分が出すのではなくほとんど夫だと主張し、強行採決で可決された。長い討論の後、糾弾するにはやはり「美観」で攻めるのが一番という結論に達した。「環境への暴力！」と誰かが言い、「景観への暴力！」と誰かが叫んだ。「もうMASARUには頼らない！」続いて、ヤマダさんの奥さんが叫んだ。

「裁判所に訴えると、あの赤いトレーナーの男に迫りましょう。それを拒否したら、本当に訴えてやる！　そして、MASARUの責任問題にしてやるわ！」

女は、ニンテンドーDSのバッテリーが切れ、ノートに向かうことが多くなった。書いては消し、書いては消し、女の文章は、一向に進まなかった。『何でもそうだ。限界がある』女は、ボールペンのキャップを子供のように噛みながら、考えていた。『……絵だって、音楽だって、同じなんだ。……まだ誰も見たことも、聞いたこともなかった色や音は、出すことができるかもしれないけど、この世界に元々存在しない色や音は、出すことができないんだ』

女は、また近寄ってきた弟を唸って威嚇し、またノートに向かった。弟は、なぜか欲情して仕方なかった。

『小説だってそうなんだ。……この世界にある文字と記号を使うんなら、それは何々通り、みたいな感じで、数字で規定されちゃうんだ。……ひらがなだけで句読点省く、ていう小さな条件だけでも、10文字の文章なら196874404340722656225通りもあるんだけど……』

弟が何を書いているのか覗こうとし、女は怒りを覚えた。女は他人が書いてる途中の文章を覗き見するほどの悪は存在しないと叫び、もう一度ビンタを加えた。

『……十分かもしれないけど、わたしは嫌なんだ、そういうのが。……でも、その限界の中で何かをつくったら、範囲内なのになぜか限界を超えてるような、そんな恐ろしい文字の組み合わせがあるかもしれない……矛盾してるんだけど、でも限界を超えるっていうのは、元々矛盾からくるもんだと思うし……』

弟は女に近寄るのを諦め、黙って煙草を吸い続けていた。会社に行く気が全くなくなり、また思考を停止させようとしていた。

男の鉄屑は山のようだったが、正確には山とは呼べなかった。全体的に積み上げられているが、所々が大胆に凹み、傾き、握りしめた人間の拳のようでもあり、根元の短い奇怪なキノコのようでもあった。男は、以前に積み上げた箇所を剝ぎ取り、また別の鉄屑や木材を入れ、時には、剝ぎ取ったまま、その箇所を空洞にしておくこともあった。男は何かを追っているようでもあり、追われているようでもあり、表情は厳しかった。女は初めこの鉄屑をパズルのようだと思ったが、鉄屑が上空に伸び、左右に広がるに連れそうではないと思うようになった。鉄屑の連なりをぼんやり見ていると、時々、心臓の鼓動が激しくなり、女は不安になった。なぜこのような形状でこの構造物が立っていることができるのかも、わからなかった。土台の部分は錆び、構造物はより不安定になっていたが、そうであるからこそ持ちこたえているかのような、そんな気がしてならない。これは決して見るものに安らぎを与えるものではなく、身体のどこかをざわつかせるような、不自然なものであるように思った。女は性的な興奮が強くなっている自分に気づき、怒りを覚えている自分に気づき、今すぐ弟を殴りたい衝動に駆られて弟を殴った。弟は、地面に蹲ってしくしく泣き始めた。弟は元々涙もろかったが、近頃は自分が泣き過ぎるように思えた。鉄屑を眺めると、弟は泣きたくなるのだった。それは悲しいとか苦しいなどの感情ではなく、自分の内部が刺激されることによって、身体が何かの放出を求め、それが涙になって出るような感覚だった。男は、指から血が流れると、鉄屑を汚すのを躊躇するように舐めた。女や弟が軍手を差し出しても、それをはめて鉄屑に触れた瞬間、顔をしかめ脱ぎ捨てるのだった。鉄屑の山を見上げていると、女は頭が痛くなった。吐き気がし、目眩を感じることも多くなった。鉄屑の山から突き出た様々な鉄材は、上空に苦しげに手を伸ばすように拡がり、底辺にある電化製品は地面に埋まるように重く、所々の空洞は、そこに入るのを拒むような静寂に満ちていた。

「なんか、凄いね」

女が、弟に向かってそう言った。弟は、もう数日以上会社に行かなくなっていた。

「うん。鬼気迫ってる感じだよ」

「何ていうか……最近よく思い出すんだけど、わたしは一度、意識を失ったことがあるんだ」

「……意識？」

「うん。中学の時だけど」

女がそう言うと、弟は煙草に火をつけた。女は言葉を続けながら、弟の煙草に視線を向けていた。

「その時、変な感じだった。……夢より曖昧な感じで、色んな記憶とか考えが、同時進行で浮かぶんだ。これの次はあれ、あれの次はこれっていうんじゃなくて、本当に同時進行。全部が同じ重さと強さで、進んでいくんだ。起きてる時は、その中の一つを捕まえて考えたりするんだけど、本体のわたしがいなくなってたから、きっとそうなったんだ」

弟の煙草は少しずつ灰になり、地面に落ち、燃えて失われてカスになった。弟は、また煙草を取り出して火をつけた。吸殻を眺めながら、弟はぼんやりと病院の患者達のことを思い出していた。

「ああ、君はおかしいからな。さっきから一貫性がない」

「もう治ってるよ。多分」

男が上空からボルトを落としたので、弟は拾って投げ返した。だが、男はもう一度そのボルトを投げ捨て、「ウラー」と叫んでからまた作業に戻った。

「澱みみたいな、変なグルグル回ってるみたいな感じがあって、わたしは変な言葉でうわ言を言ってたんだ。聞いたこともない外国語を、しゃべってたらしいんだ。その澱みみたいなのが、言葉になったみたいな」

「なんで？」

「何かユラユラして、でもずっと変な言葉をしゃべり続けてたんだ。で、その言葉は、日本語でもあったような気がするんだよ。……外国語なのに、日本語。あの時のわたしの言葉を誰も記録してなかったことが、悔しかったりするんだ。自分がその言葉を覚えてなかったこととかも」

「……君の言ってることは、よくわからん」

「……うん、よく言われる」

「本当は、俺もよくそう言われるんだけど」

　男は残っていた一階部分の屋根を鉄パイプで破壊し、その箇所に鉄製のベッドを立てかけ、その周囲を七つのバケツで囲んで、鎖で固定した。鉄屑の間に鉄筋を差し込み、その上に自転車の残骸を乗せ、炊飯器の釜を乗せ、シンバルと鳥カゴを乗せ、巨大な窓枠を乗せた。鉄屑は奇妙に曲がった固まりの枝を上空に伸ばしながら、中央の柱のような固まりをどんどんと高くして傾き、男が自分の身体の重さをつかってそのバランスを取っていた。鉄屑の下方部分は、錆による腐蝕が始まっていた。鉄屑はより不安定になり、その度に男は身体を動かし、そしてさらに鉄屑を積み上げた。「ウラー」と男は叫んだ。男の身体の動きは、徐々に速くなった。傾いていく鉄屑の上で鉄パイプを突き刺し、自転車を持ち上げた。「ウラー」男はもう一度叫んだ。「ウラー」

　弟はその時、兄の赤いトレーナーを、以前に見たことがあると思った。滅多に訪ねない弟が兄夫婦のこの家を訪ねた時、兄はこのトレーナーを着ていた。ゴールデンウィークの、夕方の時刻だった。兄は赤いトレーナーを着て絨毯に寝転び、片腕を立てて、頭を支えながらテレビを見ていた。兄の妻が、弟が来たことを兄に告げた。兄は妻の言葉に、首を僅かに傾けて「んん」と言った。赤いトレーナーからは、白いTシャツがはみ出ていた。兄は尻をかきながら、妻に食事が遅いと文句を言った。兄の妻はそれを笑って受け流し、こんな休みくらい、どこかに連れて行けとなじった。

弟の手には、産婦人科から届いた兄の妻への通知書があった。兄の妻は不妊に悩み、兄には秘密で、病院に通っていたのだった。子宮筋腫があり、手術の必要があるとそこには書かれていた。病院側は妻の死を知らず、診療日になっても来ない妻に電話しても繋がらず、通知を送ったのだと思われた。兄の妻は、降りかかった困難を、ゆっくり乗り越えようとしている時に死んだ。弟は、女の隣で兄を見上げた。兄は、傾いていく鉄屑のバランスを取りながら、両腕を使ってドラム缶を持ち上げ、パイプ椅子を突き刺し、さらに上へ登っていった。兄は鉄パイプを握り締め、揺れる鉄屑にしがみついていた。

遠くから話し声が聞こえ、やがて住民達の集団が姿を見せた。先頭にはヤマダさんの奥さんと町内会長がいて、そのすぐ後ろには、弁護士と見られる整った顔立ちの男がいた。「訴えるザマス！」ヤマダさんの奥さんは、少しキャラが変わっていた。「今すぐやめるザマス！　取り壊すザマス！」

より巨大になった不気味な構造物を凝視しながら、住民達は、さらによくないことが起こる、と思った。何が起こるかわからなかったが、胸が酷くざわつき、これ以上進めさせてはならない、これは早く崩れなければならない、という考えを強くした。弟は、興奮していく住民達の前に走り、女も続いた。

――い、今すぐやめさせろ！

――人の迷惑を考えろ！

――ひ、非国民！

――国旗に敬礼！

無残な言葉が飛んだが、弟は、ジャンピング・オナニーを経験した男だった。

「……君は、まともな人間じゃないだろ？」

弟は、女に向かって呟いた。

「うん。わたしは、アリを一匹一匹潰すと、股間が少し濡れたりするんだ」

――社会の屑！

――死んでしまえ！

弟は、住民達と鉄屑の間に立った。少なくとも今は、兄の邪魔をしたくないと思った。

その時、鉄屑が大きく揺れ、男はバランスを失って倒れた。鉄屑の中央の箇所が音を立てて盛り上がり、錆びた下方部分が茶色い粉を撒き散らしながら抜け落ち、鉄屑が何かの達成を拒否するように崩れようとしていた。男は起き上がり、その中でなお、鉄屑を積み上げようとしていた。鉄パイプを三本続けざまに突き刺し、間にヤカンと鉄板をはめ込んだ。鉄屑は生き物のようにもがき、苦しげに軋み、波を打つように大きく揺れた。自転車の残骸が崩れ、角材が倒れ、車のドアや鎖が次々と落下する。弟と女は悲鳴を上げ、住民達は息を飲んだ。倒れていく鉄屑の頂上に立ち、男はなお鉄屑を剝ぎ取り、それをより高いところに積み上げようとしていた。複雑に入り組んだ鉄材の束は複雑に落下し、互いにぶつかり合い、侵食し合いながら赤子の笑い声のような音を立てた。砂や錆が舞う中で鉄屑の土台が潰れ全体が崩れ落ちた時、男の身体が鉄屑の渦の中に巻き込まれた。煙が噴き出し、擦れ合う巨大な音の連続の中で、細かい無数の鉄材が四方に飛び、全てが中央に集約するように落ちた。弟と女が口を押さえ、顔を弱々しく手で覆いながら駆けつけると、男は崩れた鉄屑の窪みの上に、うずくまっていた。男は側にあったドラム缶を立て、三輪車を持ち上げ、ドラム缶の上に乗せてやめ、代わりに何かの鉄の板を乗せた。だが、男はそのまま倒れ、動かなくなった。住民達はまだ非難の声を上げていたが、弟と女は、男の表情をしばらく眺めていた。男の顔は、何かを諦めたような、最初から全てがわかっていたかのような、静かで力のないものであるように思えた。崩れた鉄屑の山は、もう誰の目にも、無残なゴミの山にしか見えなくなった。

男はそれから病院へ運ばれ、一週間眠り続けた。ベッドの上で目を覚ました時、男は看護婦に何かを言うと、妻の死に泣き始めた。病院食を食べ、トイレに行き、煙草を吸った。それからまた一週間すると、会社に行くようになった。復職願いを出して認められ、以前と同じように働いた。鉄屑の山は、すぐに処分されることになった。北京オリンピックの影響で鉄の値段が高騰していた時期で、鉄屑の山は、怪しげな業者によって早急に持ち出された。弟と女は、運ばれていく鉄屑の山を、ぼんやり眺めていた。地面に落ちた僅かな破片は空気にさらされ、何かの挫折の跡のように、いつまでもそこに残されていた。男の鉄屑は行政の手を煩わせなかったので、市民課の記録にも残ることはなかった。

男は同僚から誘われれば、時々酒を飲みに行った。冗談を言われれば笑い、上司に注意されると落ち込んだように見えた。男は小さな家を建て、そこに住んだ。毎年妻の墓参りをし、再婚はせず、恋人もつくらなかった。

当時のことを聞かれると、男は困惑した表情で「よく覚えていない」と言った。だが、男は恐らく、全てを覚えているだろうと思われた。男はそれから、七十二歳まで生きた。その間に資源を巡る二つの大きな戦争があり、数百万の人間が死んだ。その時また男は鉄屑を持ち帰るようになったが、歳を取っていたために、それ以上の動きをすることができなかった。

半減期を祝って

津島佑子

三十年後の世界を想像せよ、と言われると、それじゃ三十年前はどうだったのか、と反射的に考えたくなる。

三十年前、パソコンどころか、ファクスも、まだ私の住まいにはなかった。三十年という年月はそう考えると、充分に長い。しかし生活の実感としては、本質的な変化があるように感じられない。たとえばある日とつぜん、三十年後の世界に放り込まれても、さほど困惑せず、案外すぐに適応できるのではないか、と考えてしまう。新しい機械にどぎまぎさせられるとしても、時間が経てばやがて慣れていく。

我が家にファクスとワープロが入りこんできたのは、旧ソ連邦が崩壊したころだった。その後すぐに、ワープロはパソコンに変わった。ワープロに関しては、それまでの和文タイプライターの大きさを知っていただけに、漢字とひらがな、カタカナが混じっている日本語の厄介な課題がこれでついに克服されるのか、という感慨を持ったことはよくおぼえている。ファクスについても、最初、パリとの通信を試みて、その場で書類をやりとりできる便利さにびっくりさせられた。とはいえ、そのファクスにしても、今はメールやスマホなどの、より手軽なネット通信に圧倒され、すでに忘れられた存在になりかかっている。

こうした推移を便利になったと喜んでいていいのかどうか、私にはわからない。生活の道具が移り変わっていくのは、当然だという気もする。今後、家の掃除をしてくれるロボットはもっと発達するのかもしれないし、あるいは見捨てられる日が来るのかもしれない。洋服は自分で作ったものを着るのがいちばんのおしゃれということになり、手を使う針仕事がもてはやされるようになる。一方で、家事の外注はますます一般化していくのだろう。

どのような工夫をこらそうが、自動車離れ、テレビ離れが進み、テレビ局のいくつかはつぶれてしまうのかもしれない。新聞や雑誌、書店の価値が見直され、農業や林業などのコミュニティができる。コミュニティでの共同育児、共同介護が広がっていく。生殖医療がいくら進んでも、むかしながらの妊娠出産を望む女性はかえって増加する。しかしそれで出生率があがるわけではなく、否も応もなく養子の件数が増えていく。いろいろな国からの養子の激増を不愉快に感じ、反撥するひとたちが、新しい政党を作って、この国の危機を訴えるようになる。

三十年後の世界で、人口の多い某国がますます力をつけて、極東のニホンという国は競争力を失い、鎖国に近い状態に陥っているのかもしれない。国際的に孤立した軍事独裁国になっていて、国営テレビのニュースは毎回、必ず首相と国防軍の昨日一日の動静を長々と伝えてから、交通事故などのニュースをちょっとだけ流す。それでもひとびとの生活そのものは表面上、いつもと変わらない。だから一般的には、さしたる不満も出ない。

生活は確実に苦しくなっていて、自殺者数が増え、死刑の執行数も増えているにもかかわらず、平和がなによりですね、と今となってはだれも見なくなっているテレビのインタビューに通りがかりのひとが答えたりする。マスコミと言えば、戦後百年というキャンペーンで、テレビ、新聞、ネットの動画サイトは勝手に大騒ぎを演じるのだろう。

けれど三十年後のある日、思いがけないお祭りが、このトウキョウでも自然発生的にはじめられるのかもしれない。超高層住宅のまわりで、ひとけのない商店街で、利用客が少なくなったので間引き運転されている山手線の駅前で、老人たちがうつらうつらまどろむ病院の中庭で、どこからともなく歌うような女性の声でアナウンスが流される。

……みなさま、おなじみのセシウム137は無事、半減期を迎えました。正確にはすでに四年前、半減期を迎えていたのですが、今年は戦後百年という区切りの年です。すべてにおいてまだ原始的だった百年前の戦争で、どれだけ多くのひとたちが理不尽な苦しみのなかで死んでいったか、そのことを偲ぶための記念すべき年でもあるのです。戦争において、兵士が餓死をするなど決してあってはならない事態です。しかも、一般市民の頭のうえに、原子爆弾がはじめてアメリカによって無慈悲にも落とされたのでした。

それから、ほぼ七十年の年月が過ぎ、トウホク地方にきわめて深刻な影響をおよぼす原子力発電所の事故が起きました。そのとき、放射性物質であるセシウム137が大量にばらまかれ、今から四年前に、ようやく半減期を迎えたのです。私たちにとってすっかり親しくなったセシウム137が半減期を迎えたことをお祝いするのに、今年ほどふさわしい年はない、との多くの方々のご意見がございました。それで、今年、さまざまなお祝いの行事を執り行うことになりました。

つぎの半減期はさらに三十年後です。しかし、それを待つまでもなく、さしものセシウム137も当初の半分の量になってしまえば、もうこわがることはありません。もちろん、測定をつづける必要はありますし、事故の現場はほとんど手をつけられないままでいるのですから、楽観は許されませんが。

あの事故の際、ほかの放射性物質も広範囲にばらまかれましたが、専門家の先生方によれば、実際に私たちが心配すべきなのは、このセシウム137だけなのだそうです。ほかの放射性物質は半減期がもっとはるかに短かったり、量が少なかったりします。そのようなことはとっくにみなさまはごぞんじのことと思いますが、念のため、ここで申し添えておきます。

先般も、現場で大きな事故が起こり、新しい放射性物質がばらまかれました。まだまだこのようなことは起こりつづけるのです。とはいえ、半減期は確実に訪れます。せめて、今のうちにお祝いをしておきましょう。待ちつづけた甲斐があったというものです。では個別のお祝いの行事について、つぎにお知らせいたします。……

避難者用の、閑散とした超高層住宅に流れるアナウンスを聞いていた老女は、そうなのね、だったらそろそろ家に戻ろうか、とひとり言をつぶやく。

ほかの場所でアナウンスを聞いていた老人たちも同じことばをつぶやく。だったら、そろそろ家に戻ろうか。事故現場に近いあの家に戻ったところで、相変わらず、なにも変化はないのだろう。でもお祝いはわるいことじゃない。一日ぐらい、楽しく過ごせばいいじゃないか。

事故現場に近い家から逃れてきて、まだ避難者用の住宅に留まっているひとは、数こそかなり減ったけれど、いなくなったわけではなかった。この三十四年間、老女も時おり、事故現場に近い家に戻っている。最初の三年間は戻れなかった。戻るな、と政府のひとたちに言われたので、戻らなかった。そのあとは、どうか戻ってください、と言われた。でも戻らなかった。今となっては別れたくない友人も、親戚も、この近くに住んでいる。老女にだれも強制はできない。いざとなれば、耳が遠いふりをする。

超高層住宅など人間が住む環境ではない、と思う。けれど、存外居心地はいい。このままややこしいことは考えずに過ごしたい。元の家の掃除はちゃんとつづけてきた。墓参りも絶やさなかった。そのあいだに家族の数は減りつづけた。夫が姿を消し、夫の両親がつぎつぎ他界し、娘たちは結婚して、ほかの場所に移っていった。それからひとりきりになって、一年一年やり過ごしてきた。半減期の三十年なんて、あっという間だ。そのように思いなしてきた。

アナウンスのあった翌日、トウキョウから北の方角に向かう車の列が見られた。セシウム１３７の半減期を無事に迎えたと言われ、とりあえずなにが変わったのか変わらなかったのか、墓参りを兼ねて見届けに行ってみようというひとたちの車だった。まだこれだけの数のひとたちがトウキョウに避難しつづけていたのか、とまわりのひとたちを驚かせた。老女を乗せた高速バスもそのなかに混じっていた。春の行楽シーズンのはじまりでもあった。

眼に見えるものではないとわかっていても、なにか見届けられるものがあるのではないか、と期待してしまう。なにしろ、生きて無事に、セシウム１３７の半減期を迎えることができたのだ。これからどうするかは、ゆっくり考えよう。そのうち、今度は天国からお迎えが来るのかもしれない。……

セシウム１３７の半減期が過ぎて、事故現場にいちばん近い村には、研究者も含め観光客が各国から訪れるようになっている。なにしろ、世界にも名高い事故現場なのだから。けれどせっかく訪れてもなにも珍しいものは見られず、がっかりするのがおちだろう。ふつうのひとがふつうの暮らしをしているだけなのだ。

仮に畑で働いているひとに聞いてみても、

ああ、半減期の三十年ですね、もちろん大変な事故でしたから、ひところはどうなることか、とだれもが悲観していたらしいですよ。でもご覧の通り、かくべつ深刻な被害はなかったと結論が出され、最近はわたしみたいなよその人間が新しく入ってきたり、もとの住人も少しずつ戻ってくるようになりました。政府による特別措置もありますし。さすがに事故現場じゃ苦労がつづいている様子ですけどね。五年前にも大きな地震が起きて、事故がありましたから、なおさらねえ。でもどんなことでもなんとかなるものです。おかげさまでほかの土地よりも、ここははるかに空気がきれいだと言われていますよ、

と答えるだけだろう。

平和な美しい風景が眼の前には広がっている。セシウム１３７の半減期を過ぎて、これからは魅力的なリゾート地として生まれ変わるべく、開発ラッシュがはじまるのかもしれない。五年前に新たな事故が起きたとはいえ、今までの経験があるので、あわてはしない。しゃれた高級ホテルを建てて、別荘もゴルフ場も作る。毎日放射線量の計測をつづけているのでかえって安心です、と売り込みをする。まるで、通常の大気汚染の予測でもしているかのように、ホテルは言いたてる。線量の高い日はホテル内で過ごしていただきます。みなさまが決して退屈しないようダンスパーティや映画祭、コンサートなど、いろいろなお楽しみが待っています。

とはいえ本当を言えば、セシウム１３７という放射性物質はたしかに半減期を迎えたものの、もっと半減期が長い、たとえばプルトニウムのような、人類にとって最も危険だと言われる放射性物質も同時にばらまかれているのだから、ゼネコンなどの業者がいくらがんばっても、ひとびとを安心させることは決してできないはずなのだ。まして、五年前には、新しい放射性物質もばらまかれた。そのていどのことは老女ですらとっくに知っている。けれど楽観的な業界のひとたちや観光客、そして政府すらも忘れたふりをつづけようとする。

セシウム１３７の半減期到来を祝って、事故現場に近い家に一日がかりで行ってきた老女は、超高層住宅のベランダに面した食堂のいすに坐り、やっぱり我が家がいちばんくつろげる、などと口走って、あわててしまった。今となっては、こちらの避難者用の超高層住宅を我が家と感じるようになっているのか、と自分のことながら感無量な思いになった。

それも無理はない。ここに住みはじめてから三十年のあいだ、さまざまなことがあった。娘たちは肥満気味の中年女性になったし、夫はほかの女のもとに逃げだした。夫の母親は病死し、父親もあとを追うように建物の屋上から身を投げた。この住宅は風水がわるいせいなのかどうか、とくに死亡率が高く、同じ階のひとがつづけて投身自殺をしたし、もっとうえの階のひとは三人も事故死した。そのたびに大騒ぎになったが、時間が経てばなにごともなかったかのように、知らないひとたちが、死んだひとたちの部屋に住みはじめている。

超高層住宅に流れるアナウンスは、毎日さまざまなお知らせを住人たちに伝える。春が過ぎ、梅雨の時期を前にしたある日、中学校での運動会について、こんなお知らせがあるかもしれない。拡声器でアナウンスを流すという手法は時代遅れのように見えるだろうが、結局のところ、いちばん確実に、しかも安価に、伝達したい事柄をより多くのひとたちに伝えられる、という研究結果が最近になって発表された。

……今度の日曜日には、日ごろからの、子どもたちの体の鍛練をみなさまにお見せする運動会が中学校で催されます。おとなたちが参加できる種目もございます。どうぞみなさま、ふるってご参加ください。

このアナウンスを聞いて、老女は顔をしかめる。子どもたちの運動会といえば、最近、新しい法律をめぐって大騒ぎになっているらしい。中学生の親たちのなかには、どうしたってこんな法律には承服できない、と国会議事堂まで行き、むかしなつかしい座り込みをしているひとたちもいるという。
四、五年前に、独裁政権が熱心に後押しをして、「愛国少年（少女）団」と称する組織、略して「ＡＳＤ」ができ、それが熱狂的にもてはやされるようになった。子どもたちがむやみに入団したがるので、順番待ちの状態になっている。「ＡＳＤ」をモデルにした漫画がこのブームを作り出したという話だった。キャラクターつきの商品も売り出されているが、いつでも入荷待ちの状態で、それでますます人気があおられる。

その動きに眉をひそめる親たちは子どもを叱り、引き留めようとする。あんなものにおどらされちゃいけない、と。「ＡＳＤ」に熱中する子どもたちは、「神国ニホン、バンザイ！」とか、「われら神の子に栄光あれ」とか、極端に神がかった、しかも、いかにも漫画的なことばを本気で口にしはじめるので、親たちの心配も無理はなかった。けれど、政権側は政権側で黙っていない。「ＡＳＤ」に子どもを入れたがらないような独善的な親は決して見逃せない、ということで、新しい法律を作ろうとしている。「ＡＳＤ」をきらい、無視しようとすれば、親としての責任放棄の罪を問われ、最低十年の禁錮に親たちは処されるというとんでもない内容の法律らしい。

親が逮捕されたらどっちみち、子どもたちは「ＡＳＤ」に行くことになるので、それならはじめから入団させておこう、という親が増えている。どうしても入団を拒否しつづけようと思ったら、ほかの国に亡命するしかない。

「ＡＳＤ」は十四歳から十八歳までの四年間の子どもたちが対象となっていて、十八歳を過ぎたら今度は、男女を問わず、国防軍に入らなければならない。「ＡＳＤ」の出身者であれば、優先的に国防軍の幹部候補として扱われる。つまり、戦争をどの国ともしていない現在は、貴族のような待遇を享受できることになる。

自分の子どもがまだ小さい親たちは、先の話だと思って、知らんぷりを決めこんでいる。子どもが中学生になったら、留学させるつもりでいる親も少なくない。今のところ、まだそんな抜け道が残されてはいる。お金さえあれば、なんとかなるという考え方が、三十年前から幅をきかせていたが、最近になってますます横行するようになった。

そんな態度のほうがよほど責任放棄だろうと老女は思うが、現在の「ASD」から眼をそむけつづける気持もわからないではない。自分が同じ立場だったら、やはりよけいなことはせずに済ませようとするだろう。子どもが「ASD」に入りたい、と言いだしたら、無言のまま、悲しそうな顔を見せる。それ以上のことはしない。とはいえ、親に黙って応募したところ、審査に落とされて、自殺してしまった子がいるという話もあり、そうなると親としてなにも気がつかないふりはしていられなくなる。

なんでも「ASD」にはきびしい人種規定があって、純粋なヤマト人種だけが入団を許されているというのだ。アイヌ人もオキナワ人も、そして当然、チョウセン系の子どもも入団を許されてはいないのだけれど、いちばん評価が低いのはトウホク人で、高貴なヤマト人種をかれらは穢し、ニホン社会にも害毒を及ぼしているという。無能なくせにプライドばかりが高くて、ニホンの代々の権力者が残してくれた貴重な歴史の記録をひもといてみても、ニホンの政権に対し、なにかというと反乱を起こし、独立しようとしてきた事実が直ちに判明する。つまり、トウホク人はいちばん危険な人種として、このニホンに存在しつづけてきたのだった。したがって、ニホンはかれらにこれ以上温情をかける必要はないということになる。

学校でも、トウホク人の陰険邪悪な性格とその歴史を子どもたちに教えている。そして、トウホク人を放置しておけば、ヤマトを中心に栄えてきたニホンは必ず滅びてしまいます、と教師たちは子どもたちを脅迫するかのように何度もくり返し主張するらしい。トウホク人の子どもたちと友だちになってはいけません。どんなに困っている様子でも、助けようなどと思ったらだめなのです。それはまちがった正義です。ヤマトの文化をみんなで守りましょう。トウホク人は心のなかで、ヤマトを深く恨んでいるのです。

皮肉なことに、老女がかつて住んでいた事故現場に近い村もトウホクの一部だった。というか、トウホクの一部に原子力発電所が作られ、それが事故を起こしたのだった。それで否応なしに、今まで、いろいろなひとたちが事故現場に近い村々に支援のため訪れたが、かつての政府の代表もたまに、政権維持のため、訪れていた。

放射能に汚染されたと言われていますが、ここで生産される米もモモもいたって安全なのであります、と内外にアピールするという目的があった。このようにだれが見たってうそくさい配慮を強いられつづけるとはあまりにひどい屈辱ではないか、と現政府の代表は反動で、トウホク人をこの社会から排除する気持になったのだ、としたり顔で老女に説明するひとがいた。とはいえ、トウホク人である事故の被害者たちはあくまでも例外扱いのままで、通りいっぺんではあったけれど、同情のことばを向けられつづけていた。

子どもたちが「ＡＳＤ」に入団したいと申し出ると、五代にわたって変な血が混じっていないか詳細に調査されることになっている。系図など持っていないという家の子どもははじめから相手にされない。それだったら、ひそかにお金を払って、専門家に系図を作ってもらえばいい、ということになる。その料金はどんどんつり上がる。子どもたちはすでにこの「ＡＳＤ」に熱狂しているから、お金については無頓着で、家出をしてでも入団しようとする。政府の思うつぼだとは考えもしない。親たちは尻ぬぐいに奔走する羽目になる。

入団したら学校でちやほやされるし、さまざまなおもしろそうな活動がある。農家のひとたちに大いに感謝される労働奉仕。飛行機、船の操縦。スポーツカー、オートバイの運転訓練。馬術。美術、音楽などの芸術のグループもあれば、新しい爆弾を日々、研究するグループもある。言うまでもなく、銃のグループ、武芸のグループもある。オリンピックでは、「ＡＳＤ」出身の選手たちがレスリング、陸上、体操、近代五種などの種目でたくさんのメダルを取り、話題になった。

要するに、学校のクラブ活動のようなことをするのか、と老女は思ったが、それともどうもちがうらしい。「ＡＳＤ」の子どもたちは反社会的人間を駆り出す役目を負っている。というより、それがいちばん重要な役目なのかもしれない。けれど、どのようなひとたちが反社会的人間なのかが、老女などにはそもそもその基準がよくわからない。婚姻届を出そうとしないカップルが「病院」送りになったことがある。同性愛のカップルなどは言うまでもない。必要以上に外国語に堪能でも、「病院」行きになるらしい。精神的に不安定なひとたちもねらわれるし、特定の宗教の指導者たちも監視される。あらゆる芸術家と呼ばれるひとたち、小説家も、詩人も、劇作家も、俳優も、映画監督も、舞台の演出家も、音楽家も、絵描きも、彫刻家も。そして新聞記者も、編集者も、教師も、理屈をこねくり回す弁護士も、他人の財産を管理する税理士も、その社会にとって基本的に、危険な存在だとみなされる。

監視するほうも、こうなるとまるで手がまわらなくなってくる。法律を作ってでも、「ＡＳＤ」の子どもの数を増やそうとしているのは、そうした理由が背景にあるかららしい。今後は子どものころから指導されてきた世代が「ＡＳＤ」の中心になるので、移行時代のむずかしさはそろそろ終わりを告げるのだという。すでに成人に達している連中は、現在の政府に反撥ばかりするし、挙げ句の果ては、ヨーロッパや南米に亡命してしまう。

ニホンという国は今や、世界中で非難囂々、ただし、むかしとちがって戦争にはならない。ニホンには事故を起こした原子力発電所があるので、それをねらってミサイルをひとつでも落としてやれば、あっという間に、ニホンを滅亡させることができる、と今はわかっているからだ。

そうとわかっていても、政府はこわいもの知らずにも神がかった独善的な政策を曲げず、どんな国だろうと、相手国を挑発しつづけている。このようなことをつづけていたら、あっという間にニホンという国はトウホク人の陰謀などとは関係なく、本当に滅ぼされてしまうのかもしれない。それにつけてもかわいそうなのは、子どもたちだ、と老女は感じずにいられない。おとなにはおとなの責任があるけれど、子どもたちにはなんの責任もないのだから。

老女は運動会当日、好奇心に負けて、少しだけ中学校にのぞきに行ってみた。組み体操に、集団ダンス。

どれほどの訓練をつづけてきたのかわからないが、組み体操のピラミッドは七段の高さに達している。それでいて、びくともしない。ピーッという笛（こんなものは昔とちっとも変わらない）が鳴るたびに、機械仕掛けの人形のように子どもたちは動く。老女の子どもたちが中学生のころは、集団ダンスで指の先までそろえることなどできなかった。親たちは顔を紅潮させて子どもたちの演技を見つめている。

老女は思う。今や、この親たちはなにを学校に求めているというのだろう。「ＡＳＤ」の下請け組織に過ぎなくなっていて、運動会だけが学校の存在理由となっている。子どもたちの絵や習字を保護者たちに見てもらい、演劇、音楽を披露する文化祭というものは、とっくに消え失せてしまった。一年中、学校では運動会の練習をしていて、教科の勉強は午前中だけ、「ＡＳＤ」に選ばれた子どもたちは、どの分野に優れているのか注意深く選別されて、それぞれのグループに送り込まれる。

いくら学校がひどい有様になり果てたとしても、学校に通っている子どもたちはトウホク人のように「排除」されるわけではないのだから、ずっとましじゃないか、と言うひともいる。確かに、トウホク人たちはいつ、「排除」という名目で逮捕されることになるかわからない日々を送っている。たとえ「ＡＳＤ」に入れなくても、そんなことはトウホク人の子どもたちの立場を考えればさして気にすることではないと思えてくる。アイヌ人も、オキナワ人の子どもも「ＡＳＤ」に入れてもらえないし、親たちは職場から追いだされているけれど、トウホク人のように直接逮捕されてはいないようだ。職がないのでは、じわじわと殺されるようなものではあるけれど。

トウホク人の数はヤマト人よりはるかに多いので、「病院」に入れる余地はすぐになくなり、逮捕されると、そのままとくべつな「シャワー室」に送られてしまうのだという。ひどすぎる話なので、信じることは簡単にできない。けれど、もしかしたら、とも思う。

老女の住んでいる超高層住宅の近くにも、トウホク人の家族が住んでいた。薬局を営んでいて、この地区にはほかに薬局がないので、けっこう繁盛していた。ところがなにしろトウホク人なので、ことばがなまっていて、なにを言っているのかわからない、とくさすひとが出てきたり（それほどなまっていたはずはないのだけれど）、家族全員にトウホク独特のいやなにおいが染みついているとか、とんでもない守銭奴だとも言われていた。そしてある日とつぜん、家族ごと消えうせてしまった。つぎの日、早くも見知らぬヤマト人種の家族が引っ越してきた。

聞いてみると、不動産屋で正式に契約をして、越してきたらしい。もちろん、きのうまで、トウホク人が住んでいたことは知らされていなかったし、老女をはじめとする近所のひとたちもそのことは黙っていた。

トウホク人の家族が今に戻ってくるのではないかと老女たちはやきもきしたが、結局、家族ごと消息不明になったままだった。家族全員で「シャワー室」送りになったのだろうか。

「ＡＳＤ」の制服は、それにしてもなかなか格好がいい。男の子は冬場以外は半ズボンをはき、膝までの白いソックスをはく。首には、茶色のスカーフを巻いて、頭には四角い帽子をかぶる。女の子も基本的には同じ服装で、ただ半ズボンの代わりに、膝丈のキュロット・スカートをはいている。

四季それぞれにふさわしい、小粋な制服があって、入団すると無料で支給される。貴重な税金を子どもたちの制服などに使わないでくれという不満の声があるけれど、言うまでもなく、政府に無視されている。そこらの学校の制服とはわけがちがう。言うなれば、それはニホンの名誉そのものなのだった。「ＡＳＤ」の儀式用（外交行事などで活躍する）には、きわだって美しい少年少女が念入りに選ばれた。黒髪で、まっすぐな髪の毛。縮れた赤髪など問題外。肌の色は白く、切れ長な眼がよく光り、すらりとした四肢、なめらかな肌も持っていなければならなかった。「ＡＳＤ」の美少女たちはとても冷酷で、残虐でもあった。十五、六歳の年ごろの少女は本来そんなものなのかもしれない。

老女自身がどうだったのか、もうあまりに遠くの時代のことで思い出せなくなっているけれど。

夜の路上にきらきらとガラスの破片が光っていて、それがきれいだったということから、のちに「翡翠の夜」と呼ばれるようになったトウホク人襲撃のとき、いちばん活躍したのはこの美少女たちだった。トウホク人の経営する文具店や美容院、カフェなどをつぎつぎ襲い、銃や爆弾で防犯ガラスを破り、家のなかで震えているトウホク人を外に連れ出して、「病院」に送り込んだ。たった一晩で、三千人ものトウキョウ在住のトウホク人が「病院」に送られたという。もちろん、すぐに収容しきれなくなった。

どんな美少女でも恋愛をするときはする。老女の耳に入ってきた有名な事件がある。十七歳のトウホク人の少年を十六歳の美少女が忘れられなくなった。決して起こってはならない恋愛事件だった。とはいえ、恋に焦がれる年ごろではあるので、きっかけさえ与えられれば、あっという間に恋に落ちてしまう。

「ＡＳＤ」の少女はトラックで「病院」に送り込まれようとしている少年を見かけ、声をかけた。少年はなにも答えない。少女はかまわず少年をトラックからおろし、自分の部屋に連れて行った。そしてまずは食事を与えた。飢餓状態にあるやせ細った少年は声を出さずに、食事をおなかにおさめた。少女は少年のためにふとんを敷いた。ヤマト人種である自分がどうしたらいいのか、わからなかった。トウホク人だからといって、少年の体にヤマト人種とちがうところは見当たらなかった。少年はふとんで何日も眠りつづけた。両親と弟はすでに病院に送られているらしい。少女は長い時間、少年の寝顔を見つめてから、ふとんのなかに入り込み、少年の体にしがみついた。少年も少女の体を抱きしめた。

それから三ヵ月ものあいだ、少年と少女は逃亡生活をつづけた。逃亡に必要なお金は、ヤマト人種の少女が持っていた。カントウ地方の都市をうろつき、ナガノ県の山々に隠れ住んだ。身分証明のカードを持たない身では、まともな旅館やペンションに泊まることは不可能で、秋から冬にかけての寒い時期、野宿がつづき、風邪を引いても病院には行けず、それぞれ少しずつ健康をそこないはじめた。ふたりは話し合って、こうなったらホンコンに亡命するしかないと方針を決めた。ホンコンは政治的に独立した都市として、亡命者をできるだけ受け入れようとしている。けれどハカタの港まで行ったところで、トウホク人の少年は当局に逮捕された。「シャワー室」送りになったと噂された。「ASD」の特権をいくつか持っているはずの少女にもなすすべがない。

気がつくと、少女は妊娠していた。トウホク人の血が混じっている以上、赤ん坊を救うことはできない。ハカタで逮捕されてすぐにそのまま、少女には中絶手術が施された。そして、少女は「ASD」にも、トウキョウの自分の家にも戻ることができなくなって、逃げ場を失い、病院のバスルームで手首をカミソリで切り、自分の命を捨て去ってしまった。その時点になって、一般のひとびとのあいだで、少年と少女の悲しい物語が語られるようになった。語られ始めると、話がひろがるのはあっという間だった。早速、映画が作られ、大ヒットした。政府にとって、好都合なストーリーの映画だった。

セシウム137の半減期三十年を迎えたところで、老女にはなにも変わった気がしない。変わっていないと見えるときにかぎって、なにもかもが変わってしまっているということはあり得る。それでも、なにも変わらないと思いつづけようとする。

ひとびとの入れ替わりが激しい社会に、いつの間にかなっていた。事故現場に近い村では、都会からなんとか逃げのびたトウホク人が住みつきはじめている。政府の新しい方針で、事故現場に近い村では、例外的に、アイヌ人、オキナワ人、そしてトウホク人の定住を許すことになったらしい。そこに住んでいれば、事故現場の作業をさせてもらえる。けれど、医療上の支援は一切なく、さまざまな医学的検査だけが行われる。それでもかまわなければ、という条件付きの定住なのだという。高すぎる放射線量を恐れて、まともなヤマト人種は現場での仕事はやりたがらないのだ。

事故現場近くの村では、よほど目立つ行為をしないかぎり、逮捕されることもない。村は昔ながらの風景を保っている。政府の方針でそのように維持されてきた。外から来たひとびとが安心するように。ここはトウホク人の楽園なのだと実感できるように。

事故現場に近い村に戻ると、老女はこうしたトウホク人たちの姿を追い求めずにいられなくなっている。かれらは「シャワー室」の悪夢から逃れられるのなら、とこの村に来ると、はじめのうち、なにかよくわからない希望を取り戻す。そしてある日、予想されていたことではあるけれど、倒れてしまう。病院に運ばれ、隔離病棟でさまざまな検査を受ける。決して、治療を受けさせてはもらえない。その様子を想像する老女の眼に涙が浮かぶ。

この三十年、長かったのか、短かったのか。なにも変わってはいない、そんな気がする。けれど、なにもかもが変わってしまった、とも老女は思う。

三十年前、少なくとも老女はまだ老女ではなかったし、自分がトウホク人だと意識することもなかった。セシウム137などという放射性物質の名前も知らなかったし、半減期についても知らなかった。知らないほうがよかったいろいろなことを知ってしまい、なにもかもがゆがみはじめたということなのか。

老女は避難者用の超高層住宅のベランダからトウキョウ湾の海面を見おろす。きらきらと黄金の砂がまき散らされたようにトウキョウ湾の海面は光る。けれど、ここもまた、汚染されていると、ずいぶん前に聞いたことがある。

山が汚染されているから、雨が降ると川に放射性物質が泥とともに流れ込み、何年も経って川の泥が海に注ぎ込む。それでも二十年以上も前だったか、河口での競技が含まれるオリンピックが強行されたのだった。競技など行われたら、どんどんひとが倒れる、と不吉な予告をするひとたちがいた。

ところが、なにも起こらなかった。いや、とっくに深刻な変化が起きていた。「ＡＳＤ」を作った現政権はオリンピックの熱狂の余波から生まれたのではなかったか。変化は思いがけないところからはじまった。そして、その変化はもう、だれにも止められない。

今まで、なにも気がつかないふりをしてきた。気がつきたくない。なにかに気がついたところで、どうすることもできないのだから。

せっかくセシウム１３７が半減期を迎えたのだ。トウホクに戻るときが来ているのかもしれない。事故現場に近いトウホクの村に戻れば、とりあえずあのいまわしい「ＡＳＤ」の子どもたちを眼にしなくて済む。気がついてみれば、すでに、老女にはおそれなければならないものはなにもなくなっている。

三十年前の老女はまだ、ほんの四十五歳で、世のなかはこわいものだらけだった。まだとても若くて、力に溢れ、高校生の娘たちがいるにもかかわらず夫と戯れるのが好きで、よその男にもちらほら気を奪われて、そんな日々のある日とつぜん、原子力発電所の事故が起きたのだった。

老女は涙を流しつつ、美しくかがやくトウキョウ湾を眺めつづける。

ゴミの文学史　序説

日比嘉高

1. 似姿としてのゴミ

自分の部屋から出たゴミの袋を、他人が開けたとする。ほとんどの人が、羞恥を覚えながら激しく怒り出すにちがいない。なぜならそこには、数日分の、あるいはもっと長期にわたる、自分自身の生活の痕跡が封じ込められているからである。ゴミは生活の履歴そのものであり、ゴミを観察すればその人の行為、もっと言えば人となりまで浮かび上がってきてしまう。ゴミは、言わば脱ぎ捨てた自分である。

同じことは、ある程度私たちの社会についても言える。日々排出されるゴミは、私たちの社会がどのように運用され、いかなる性格を持っているのかを雄弁に語る。社会の廃棄物をたどることで、社会の姿が浮かび上がるのである。

ただその一方で、私たちは、さほど積極的にゴミに目を向けたりはせず、意識的にそれを遠ざけるか、目に入らないよう無視するのが普通である。社会学者のジグムント・バウマンは、そうした私たちの関心の偏りを、次のような卓抜な比喩で語っている。

毎日、二種類のトラックが工場の構内から出ていく――ひとつは卸売店やデパートへ向かい、もうひとつはゴミ捨て場へ向かう。われわれがともに育てた物語は、もっぱら前者のトラックにのみ注目する（勘定に入れ、尊重し、愛する）ようわれわれを教育している。(1)

生産の現場から、消費の現場へと向かうトラック。それは見慣れた光景である。私たちは、誰がどのようなものを作っているかに関心を寄せ、そしてその製品をどんな人がどのように買い求め、使っているかに興味を持っている。だが、とバウマンは示唆する。トラックはもう一台あるのではないのか。それは生産の現場からゴミ捨て場へと向かうトラックである。生産工場から排出される産業廃棄物を積載したトラックについて、我々はどの程度関心を払っていると言えるのか。そしてもちろん、私たちはバウマンに続けて、忘れられたトラックが走っているのは工場からゴミ捨て場だけではない、と付け加えなければならない。卸売店やデパート、そして私たちの家庭からもまた、トラックはゴミを積んで走り出し、走り続けているのである。

私たちは、何か有用なものを作り出す際には、同時に不要なものをも作り出している。私たちは、何かを取り入れたなら、何かを排出しなければならない。社会も、家も、身体も、取り入れるばかりでは成り立たない。取り入れたものを使った後には、その残余となる廃棄物や排泄物を外に出さなければならない。その意味で、私たちとゴミとは、私たちの生きる環境を共に構成するモノの循環の一部なのだ。人新世をキーワードとする近年の環境批評においては、人と環境を二項対立的に捉えようとはしない。人が作用主体として前景をなし、環境はその背景をなすという区分は行わない。たとえば政治理論学者のジェーン・ベネットは、モノにエージェンシー（作用主体性）を見いだしている[2]。モノもまた周囲の物や人に対し、作用し、属性を与え、そのことによってモノ同士が結合する。とするならば、ゴミにもエージェンシーがあると私たちは考えてよいはずだ。私たちがゴミを作り出すだけではない。ゴミが、私たちに働きかける。ゴミが何か別のモノと結びつき、その網の目のように張りめぐらされた結びつきのアンサンブルの中で、私たちは生きている。

　ゴミは私たちと私たち社会の脱ぎ捨てた履歴であり、黙殺されがちな半身である。このアンソロジー『ゴミ探訪』は、捨ておかれた塵溜を探訪し、掘り返し、光を当てる。描かれたゴミを読むことによって、私たちと私たちの社会のもう一つの姿——捨て去り、目を閉じ、忘れ去ろうとした姿が浮かび上がってくる。

2. 秩序はゴミを排除する

ゴミを排除することは、私たちの社会の根本的な仕組みの一つとなっている。「穢れ」をめぐる名著『汚穢と禁忌』を書いた人類学者のメアリ・ダグラスは、こう述べていた。「我々のもっている汚れの概念を検討すれば、汚れとは体系的秩序から排除されたあらゆる要素を包含する一種の全体的要約ともいうべきものであることを認め得るだろう」(3)。ダグラスが「体系的秩序」と述べていることに注意しよう。「汚れ」について語ったダグラスの議論は、ゴミにも敷衍できる。ゴミは気まぐれに排除されているのではない。何をゴミとし、何をゴミとしないかは、私たちの社会の価値体系や運用のシステムによって決まっている。

そして、ゴミは「体系的秩序から排除されたあらゆる要素を包含する一種の全体的要約」と捉えうるのである。このあと川路柳虹の口語自由詩「塵溜《はきだめ》」を考える際に詳しくみるが、排除によって秩序を構築することは、文学的な規範意識の場合においてもいえる。ゴミという醜なるものは、美しくあることを理想とするような文学的基準からは排斥の対象となる。その排斥の作業が、同時に理想的規範を明示化し、強化する。だが一方、その基準にあえて反抗し、ゴミを描くことによって新しい文学の姿を提示するというダイナミズムも生まれる。

秩序から排除されるのは、ゴミだけではない。「人間廃棄物」「役にたたなくなった人間」の存在に注意を促したのは、先にも登場したジグムント・バウマンである。「人間廃棄物」は「近代化の不可避的な結果であり、モダニティの分離できない付属物」だと彼は言う(4)。人間社会の秩序が形作られるとき、その一部の構成員たちに対して、場違い、不適当、望ましくない、などと評価し、それらの人びとを排除する。排除することが、秩序の存在とルールとを際立たせるのである。

排除されるゴミと、排除される人とは、しばしば重なる。本書の小説が繰り返し描いている「屑屋」、「屑拾い」はまさにその典型と言えるだろう。これについては、熊谷昭宏が本書解説で詳述している。

ゴミの社会的排除に関わって言えば、ゴミが私たちの社会において、「中間」的な存在としてあることも見過ごせない。ゴミは人の生きる社会から不要とされたものである一方、完全に外部化されたものでもない。完全に人間から疎遠になったものは「自然」に帰っていたり、不可視化されていたりするからである。ゴミがゴミとして見えているということは、人間から遠ざけられてあると同時に、人間から完全に切り離されておらず、その圏内と圏外のあわいにあるということである。ゴミが「中間」であるとはこの意味である。

そしてその「中間」にこそ、社会の秩序体系の力学が現れる。圏内と圏外の境界領域には、排除の仕組みが露出する。なにが不要でありなにが不要ではないかの線引きの力学、誰が不要と決め、誰が必要と定めるのかという決定権をめぐる権力構造、ゴミはどこに処分されるべきかという空間配置をめぐる配慮の政治も、そこに発生する。

ゴミの排除を、社会的秩序の面からではなく、人の精神の仕組みから説明しようという方向もある。人はなぜゴミを忌避するのか。精神分析理論を参照するなら、それは「不気味なもの」との関係から説明できるだろう。ジグムント・フロイトは、「不気味なものとは実際、何ら新しいものでも疎遠なものでもなく、心の生活には古くからなじみのものであり、それが抑圧のプロセスを通して心の生活から阻害されていたに過ぎない」と指摘している。(5)「不気味なもの」は、自分とは切り離れているなにものかではない。それはむしろ、「古くからなじみのもの」であり、何らかの理由で、それが心的に抑圧されているものなのだとフロイトは言う。フロイトの議論をさらに展開したジュリア・クリステヴァは、私が私であることを揺さぶるおぞましいもの（アブジェクト）に着目し、そのおぞましさの感覚をアブジェクシオンと名付けた。(6)

ある種のゴミは、強い忌避の情動を喚起する。体から排泄されるものや死体が代表的だろう。体から切り離されたものは、切り離されたそのときから「不気味さ」を備え始める。生物が——我々自身ももちろんその一部だ——死ねば、それは死体＝ゴミとなり、強い忌避感を喚起しはじめる。「アブジェクト、アブジェクシオンは、私の防柵である。私が自然から文化へ上昇する糸口である」とクリステヴァは述べている（四頁）。おぞましさの感覚は、強く揺さぶられた自己が、自己であることを保とうとする「防柵」だということだ。そしてその「防柵」によって我々は、自然状態から文化のなかにとどまることができる。あるいは、「防柵」そのものが、我々を文化的存在たらしめている心の仕組みなのである。

3. ゴミの奇想、ゴミの反逆

だが、排除される物／者の側に立たされることによって、あるいはあえてその立場に立つことによって、対抗的な力が備わるということもある。ゴミの側に立ち、規範的な世界、表の世界を転倒しようという文学の試みも、この方向から生まれている。

夢野久作「塵」を取り上げよう。語り手は、塵は無量無辺、広大な芸術をつくりだす存在だと言いながら、店先から都会、田舎から旅人宿における塵の所業を追跡していく。語り手が見出すのは、すべてを陳腐化し、古ぼけさせる塵の力である。果物、処女と童貞たちの臍の中、肺病娘のホツレ毛、応接間の油絵の額縁、お祭りの人ごみなどというように視点を移動しながら、それらに塵が覆い被さるようすを描写し、塵をかぶることによって、それらの人や物のさまざまな取り組み、役割が力を失っていくありさまを描き出す。エッセイの最後で語り手は言う。「なるほど宗教も道徳も塵となった。／唯心も唯物も現在、塵となりつつ在る。／すべては、吾々の生命と共に、古ぼけた、むせっぽい、時代の塵の上に消え込みつつ在る。ことによると塵こそ造物主の正体なのかも知れない」（／は原文改行）。すべてを埃のかぶった古ぼけたものにしてしまう塵こそが、造物主なのかもしれないという転倒した奇想、四方の世態を鳥瞰する軽妙なまなざし、カタカナを多用し饒舌な語りが眼前で立ち上がるような、勢いのある文体がからみあう、夢野久作らしい饒舌体エッセイである。

永井荷風「堀割の散歩」は、〈世捨て人〉荷風にふさわしい市井の隠れ人の詩である。散歩する「われ」が目を向けるのは、濁った堀割の水であり、そこに浮かぶ芥《あくた》である。澱んで悪臭を放つ堀割とゴミと、「倦怠の瀬」によどみ「虚無の淵」に沈む人とが重ねられる。「われ」は「よどみし時代の児」であり、「芥《ごみ》の重さ」に動けなくなってしまった「芥船」の悩みこそが、悔いにもだえている私自身の姿だという。

世に背を向けて、ゴミの浮かんだ堀端を散歩して過ごす、偏屈な文学者の姿が浮かびあがるが、詩を読み込むと一ヶ所だけ「革命」の文字があることにも気づく。「革命」は「一代の栄華極りて腐れたときに、「嵐」としてやってくるという。よどみは、いつまでも澱んでいるわけでもなさそうだ。「革命」の情熱の存在を知りながら、知らぬふりで街に身を潜め、芥《ごみ》を満載した芥船に自らの悩みを重ねる「われ」――やはり偏屈、というべきかもしれない。

中村文則の「ゴミ屋敷」も、この系譜の中で言及するのがよいだろう。いわゆるゴミ屋敷とは、自宅など本来ゴミを集積するところではない建物に、大量のゴミが集められている状況を指している。悪臭や不法な空間の占拠、景観の問題などの点において、近隣の住民などとトラブルになることも少なくない。ケアや支援の観点から言えば、ゴミ屋敷の住人は「セルフ・ネグレクト」の状態にあることも多いといい、安全で健康な状態へ導くためのサポートが必要だとされる。(7) 中村の短編「ゴミ屋敷」は、こうした現実のゴミ屋敷を背景としてはいる。妻の事故死をきっかけに精神的な失調状態となった主人公が、鉄屑などを拾い集め、自宅に集積していく物語は、私たちの現実世界のゴミ屋敷問題の延長線上で読むことも可能だ。例えば読者は、この物語を大きな喪失を抱えることになった主人公のアイデンティティの再構築のプロセスと捉え、ゴミ屋敷の建築がそのプロセスと縒り合わさっているとと読むこともできる。

一方、そのようなリアリスティックな読みをしなくともよい。なにしろ、ここで描かれる鉄屑の山は自宅の屋根を突き破って成長していくほどの巨大さなのだ。中村の短編は、現実のゴミ屋敷にモチーフを取っているものの、そこから離陸していく志向性を強く持っている。その奔放な想像力と、物語の行方にこそ目を凝らすならば、なにが見えてくるか。テキストの表現を読んでいけば、主人公の作ったゴミの構築物が、当初無関心であった同居するケア役の女性や、主人公の弟の注意を引き始め、彼等の思考や身体に変化を及ぼしていくストーリーとなっていることがわかる。そそり立つ鉄屑の山は、次第に、「身体のどこかをざわつかせる」ところがあり、それと対峙していることによって「澱みみたいなのが、言葉にな」るような存在と化していくのだ。中村の「ゴミ屋敷」は、ゴミを描きながら、理性の世界の向こう側に届き、身体をざわめかせるような、秩序外のなにものかとしてゴミを描こうとしているのである。

4. ゴミと記憶

ゴミには、記憶がまとわりつく。うち捨てられたモノに向き合うとき、モノは私たちに、うち捨てる以前の記憶を呼び起こさせることがある。ゴミは、私たちの記憶を媒介するのだ。

場合によっては、そのゴミに見覚えがなくてもいい。見ず知らずのゴミであったとしても、それが何かのトリガーとして働けば、過去への通路が開かれていく。たとえば、貸家の床下から現れた女性の古い髪は、どうか。田山花袋の「女の髪」が、ホラー小説にも似た緊張感で描き出すのは、いわくありげなゴミが触発する不安であり、ゴミが導く過去の出来事への想像である。条件がよいと思った貸家だったが、ある日妻がお勝手の揚げ板を上げてみると、そこにさまざまな古ぼけたゴミが捨てられていた。「括枕」「船底枕」「薬瓶」「襁褓みたやうなもの」「座布団」「女の髪の切ったの」。妻は、それらのゴミを夢にも見る。そして「誰かあの枕や薬瓶を持つてゐた女があつてそれが夢で来た」のだと言って怯えるのである。夫は、かつてこの家に住み、肺病にかかって首を括って死んだという女の噂を聞きつける。恐怖が、夫婦の間で大きくなっていく。花袋の「女の髪」の語りは、噂を真実であると断定しない。主人公夫婦の怯えが、根拠のない単なる気持ちの問題であるのか、実際に何らかの確実な原因——住む人を病に追いやるような——があるものなのか、結末までたどり着いてもわからない。

　ただ私たちはここで、ある種の捨て去られたモノが私たちの恐怖を掻き立て、過去の記憶をたぐろうとする欲望に結びつき、そして現在の振る舞いまでも変えていくという、ゴミと人との関係性についてあらためて考えてもいい。作品が発表された一九一二年において、成人した女の髪は長いのが普通だった。それを切ったというできごとがあったのだろう。切り離されて、揚げ板の下で何年もそのままであった女の髪。それは水気を失い、埃をかぶっていたろうが、それでもまだ、人の体の一部であったという気配を漂わせていただろうか。枕、薬瓶、襁褓、座布団などさまざま挙げられたゴミの中で、花袋は「女の髪」をタイトルとして選んだ。おぞましさ（アブジェクシオン）がもっとも立ち上がるのは、やはり髪だと花袋は考えたのだろうか。

　ゴミと記憶をめぐっては、破滅後の世界を描いた多和田葉子のディストピア長編「献灯使」に、印象深いエピソードがある。[8] 主人公の一人である小説家の義郎が、「モノノ墓地」と呼ばれる場所を訪れる。そこは「敬意を持って別れたいものを誰でも自由に埋めることができる公共の墓地」で、人々がさまざまな大切なもの、しかし別れたいものを捨てに来る場所だ。義郎にとって、別れたいものは、「遣唐使」という題名の彼が書いた歴史小説だった。

　義郎も書きかけの小説を丸ごと埋めに来たことがある。家の庭で燃やそうと思ったが、炎の舌が残酷に見えてマッチを擦ることができなかった。どの人にも個人的な理由で燃やせるゴミと燃やせないゴミがある。「遣唐使」という題名の歴史小説で、義郎にとっては最初で最後の歴史小説の試みだったが、大分書き進んでから外国の地名をあまりにもたくさん使ってしまったことに気がついた。地名は作品内に血管のように細かく枝を張り、地名だけ消すのは不可能だった。身の安全のためには捨てるしかなく、燃やすのがつらいので埋めたのだった。（四四〜四五頁）

義郎の生きる世界では、厳しい表現規制が敷かれているらしく、外国に関わることを書くと表現した者の身に危険が及ぶのだった。だから義郎は、それを捨てに来た。本当は燃やせばよかったのだが、そうはできなかった。

ここで、捨てるものを〈燃やす〉行為と〈埋める〉行為には、差が示されていることに注意しよう。〈燃やす〉ことは消滅である。一方、〈埋める〉行為は、別れる行為ではあるが、存在を残す行為である、ということだろう。「燃やせるゴミと燃やせないゴミがある」とはそういうことだ。義郎は、みずからが書いた小説と別れなければならなかったが、それを消し去ることはできなかった。埋めることによって、それをゴミとして処分はしたが、小説の存在そのものは消し去りたくなかった。まさにここにおいて、ゴミは「中間」にある。

義郎が捨てた小説のタイトルは「遣唐使」である。もちろん、これは多和田葉子が書いた小説「献灯使」と同じ読みをもつ。作品タイトルと同じ音の作中作「遣唐使」がゴミとして捨てられ、しかし消し去られはしないというこのエピソードは、単なる一挿話の位置づけを超えて、多和田の長編「献灯使」そのものの意味づけに直結する。災厄の後の変貌した世界を描くディストピア小説としての「献灯使」は、書かれてはならぬ歴史書であり、捨てるほかない危険な試みではあるのだが、なお墓地の土中に埋められながら存在し続ける「燃やせないゴミ」なのだ。

ジャック・デリダは亡霊と向き合う生者の倫理について議論したが、私たちは彼に倣いながら、ゴミと向き合う捨てる者の倫理について考えていいかもしれない。デリダは「死んでしまった者たちの幽霊の前での責任＝応答可能性」(9)と言う。死んでしまった者たちの前で倫理的であろうとし、応答し責任を負おうとすることの重要さは、ゴミへの私たちの倫理に関わると言えるはずだ。もちろんその倫理は、モノを大切にしろであるとか不法に捨てるなとかいった類いの世上の道徳の話ではない。人には処分したいモノがあり、別れなければならないモノがあり、捨てさせられてしまったモノがある。ゴミとなって廃棄されたそれは、遠くへ押しやられ、やがて見えなくなり、忘却されるかもしれない。しかし私たちは、必要なときには、ゴミを呼び起こさなければならない。あるいはゴミの方から、私たちを呼ぶのかもしれない。ゴミは問うだろう。そのモノを「ゴミ」とした私たちの価値基準は、感性は、社会の仕組みは、正しいものであったのか、と。その「私たち」とは、なにものであるのか、と。ゴミの亡霊の前での責任＝応答可能性がそこで問われるのだ。

5. ゴミを書く文学のはじまり

ここからは、時代の流れを追いながら、ゴミを書く文学の歴史についてテーマを絞って見ていくことにしよう。ゴミに目を向けず、ないもののように扱ってきたのは、文学の歴史においても同じである。人による廃棄物はあらゆる時代に存在したが、それをわざわざ取り上げて描写する文学、文学者が多数派であったことはなかった。ただし、まったくいなかったというわけでもない。

近代以後の文学の歴史を丹念に見ていくと、ゴミを描いた作品は意外なほど多く集められる。そこで描かれたゴミは、登場人物たちの生のあり方を思わぬ角度で切り取ったり、社会の抑圧されている一面を暴き出して見せたり、時には歴史や文化の曲がり角が象徴的に表出する焦点の位置に立ちさえする。ほぼ時代順に作品をならべた本書を通読し、熊谷と日比による解説を読んでいただければ、その表現史としての可能性は、おぼろげながら浮かんでくるだろう。それは明治文学における表現対象の拡大に始まり、ゴミとそれを扱う者たちに対する差別と被差別の物語を生み、たびたび日本列島を襲った災害と戦災の瓦礫の表現を経て、核開発に伴う核のゴミの恐怖に接続し、私たちの現在を越えてなおも先へと続いていく道程である。

たとえば、明治半ばから末にかけて起こった文学的な審美基準の変化について見てみよう。大きく概括すれば、この時期に起こった文学史的変化とは、集団的かつ定型的な表現から、個人の観察による写実的な表現へという変化である。風景にしても人物にしても物にしても、硬直化した旧派の文芸においては、描く対象もその描き方も決まっていた。それに対する反逆が、明治における文芸革新である。決まりきった「美」や「雅」に価値をおく文学観のなかからは、ゴミの表象は生まれない。しかしその規範への反逆が起こり、「美」や「雅」を決める価値基準を懐疑する創作が現れるとき、新たな表象対象としてのゴミが、新文芸の眼差しの先に浮かび上がる。

　正岡子規は、一八九七（明治三〇）年の文章で、「「キレイ」で無き者にも美なる者多し」といい、その例として「乞食小屋」「馬糞」「垢つきたる人」他と並んで、「掃溜」をあげていた。これらは、「皆「キレイ」ならぬ者なれども俳句の材料として美を成すこと屢」であると子規は主張したのである。[10]

　子規がゴミの「美」を訴えてからちょうど一〇年後に、川路柳虹の詩「塵溜《はきだめ》」が現れる。[11] 日本の近代詩史上に燦然と輝く、口語自由詩の第一作とされる作品だ。[12] 日本の口語自由詩は、ゴミから始まったということになる。

　川路の「塵溜」が発表された一九〇七年は、評論壇、小説壇において、自然主義文学の影響がピークを迎えつつあるときでもあった。「現実暴露」「赤裸々」「露骨なる描写」というキーワードが示すように、時代は硯友社風の飾り立てた文体、社会小説・家庭小説風の類型的な人物造形から離れ、より真に迫る平易な描写、より内面に踏み込んだ心理の解剖を求め、理想を追うストーリーよりも現実の困難や悲劇を直視するような物語を求めた。ゴミ捨て場に集まる虫や廃棄物の世界に、「憂苦《くるしみ》の世界」「闘ってゆく悲哀《かなしみ》」そして「運命」を見て取り、それを定型を破った自由なリズムで書こうと試みた川路の「塵溜」は、こうした自然主義文学と同じ時代の空気の中から生まれた。

6. 瓦礫と文学の歴史

特定のゴミを追うことで浮かび上がる歴史もある。このアンソロジーには、瓦礫をモチーフとした詩二編を収めた。関東大震災後の東京を描いた中西悟堂「虐殺されし首都」とアジア太平洋戦争で空襲に遭った東京を描いた岡本潤「消える焦土」である。そしてこの瓦礫を描く短詩形作品のリストには、原爆投下後の広島や長崎を読んだ詩歌や、阪神淡路大震災、そして東日本大震災で被災した街や村を詠んだ数多の作品を続けていくことができる。

「瓦礫」は、字義的には瓦と小石を指す言葉だが、現在は破壊された建造物の残骸も含むよう意味が広がっている。「瓦礫」という言葉と「ゴミ」という言葉は、使い分けを行うのが普通だろう。前者は壊れた建物を指し、一方後者は人が排出する大小の不要な物品を指す。しかしここでは、ゴミの意味を拡張して捉え、使うことができなくなり、処分されることとなった建物や街の残骸もその中に含めて考えることとする。なお被災地の瓦礫を「瓦礫／ガレキ」と呼ぶ事自体に、批判もあるということは付言すべきだろう。たとえば気仙沼市のリアス・アーク美術館のウェブページは、「瓦礫」という言葉を退け、「被災物」という言葉を使うことを選択している。(13) 辞書は「瓦礫」を説明して価値のないもののたとえという意味を示しているが、被災者にとって「被災物」は「価値のない、つまらないもの」ではない。それは、「奪われた大切な家であり、家財であり、何よりも、大切な人生の記憶」なのだという考え方である。本解説では瓦礫をゴミに含めるが、それはむしろ記憶と結びつくというゴミの機能に光を当て、ゴミによって人の経験や歴史を語らせることを目指しているためである。

関東大震災が起こったのは、一九二三（大正一二）年九月一日。相模湾北部を震源とする最大震度七の揺れが、昼食時の京浜地帯を襲った。死者行方不明者を合わせると一〇万人を超え、国の一般会計予算の四倍を超える甚大な損害額が推算されている。直接的な人名や建物、物品の被害にとどまらず、その後の治安維持法の制定や大正デモクラシーの終焉なども考え合わせれば、近代日本の屈折点の一つとなった巨大な出来事である。

天台宗の僧侶であり詩人、歌人として活躍した中西悟堂は、大地震が起こったとき、中国朝鮮の国境からロシア領沿海州付近を旅していたという。震災の報を聞き、すぐに日本に引き返して書いた詩が「虐殺されし首都」である。硬質で、やや大仰な語彙や比喩が並び、「ゐる」「ゐる」「ゐる」というたたみかけるような文体が、壊滅した首都のようすを描出していく。

一見よく似た、壊滅した首都の光景を描いているが、岡本潤「消える焦土」が描出するのはアジア太平洋戦争下で空襲の被害を受けた東京のようすである。詩の語り手は、「何が私をここへひきよせるのだらう」と自問しながら、焦土を見渡す場所へとやってくる。目の前にあるのは「八方見とほしの焼野原。／瓦礫のごつたがへし。／まくれたトタン板。／よぢれ這ふ鋼索、電線。／機械の断片。／所在なげに突つ立つてゐる煙突。／焼けこげた街路樹と電柱。／がらんどうのビルの残骸。／まだくすぶつてゐる余燼」である。先の中西の表現が、興奮した報告者の文体だとすれば、岡本の表現は冷静で内向的な観察者の文体である。

語り手は、何が私をここへひきよせるのか、何が私をここへかりたてるのかと自問し、「激烈な歴史のなかの／一瞬」を見、そして「運命」について考える。すると、焦土が目の前から消え去り、「茫々むげんの大葦原のなかに」自分はいるのだった。一九四七（昭和二二）年に刊行された詩集『襤褸《らんる》の旗』に収められていることを勘案すれば、この詩は、敗戦の中で呆然としつつも、焦土が消え、無限の広がりを持った葦原に立ち、新しい出発の予感の中にいる詩と読めるのかもしれない。

ところが、この詩については近代文学研究者の村田裕和による興味深い指摘がある。(14) この詩は、初出ではわずかに詩句が異なっており、戦後の書き換えによって大きく意味が変わっているのである。一九四五年六月、つまり終戦間際というタイミングで雑誌『文芸』に発表されたとき、この詩は「歴史の中の」と題されており、最終行直前の一行は「茫々三千年の豊葦原の中に」とされていた。三〇〇〇年という皇紀を念頭に置いた時間の表現、そして日本を指す「豊葦原」という神話的表現の使用は、この詩が戦時下の愛国的表現の系譜に連なるものであることをあきらかにする。わずかな詩句の変更で、これほどたやすく戦前と戦後を跨いでしまった岡本は、いったい戦争と敗戦をどのようなものとして受け止めていたのだろう。世界中で積み上がった大戦の瓦礫は、戦争の終結を挟んで「忽然と」消え去りはしないではないか。

「あの閃光を忘れえようか」と、原爆の被爆体験を元に詩を書いた峠三吉は繰り返した。「八月六日」と題された作品において、峠は次のように原爆投下後の街を描いた。

渦巻くきいろい煙がうすれると
ビルディングは裂け、橋は崩れ
満員電車はそのまま焦げ
涯しない瓦礫と燃えさしの堆積であった広島(15)

峠の詩は、その閃光の中で失われた人々の命を、集団的でありながら、同時に個別的に捉える。「瞬時に該当の三万は消え」「圧しつぶされた暗闇の底で／五万の悲鳴は耐え」と俯瞰する一方で、「下敷きのまま生きていた母や弟の町」に言及する。「兵器廠の床の糞尿のうえに／のがれ横わった女学生ら」を描くかたわら、「帰らなかった妻や子のしろい眼窩が／俺たちの心臓をたち割って」という。惨禍は集団的で大規模であると同時に、一人一人のものでもあった。だからこそ、「忘れえようか！」という峠の叫びは、広く、深く、届くのである。

敗戦の瓦礫は、しかし戦後の急速な成長の中で覆い隠されていく。高度経済成長を経て、現代的なメガロポリスへと変貌していく東京を眺めながら、そこに戦後の焼け跡と、ゴミの堆積とを重ね合わせるという希有な想像力を発揮した作家がいる。日野啓三である。日野は、一九八〇年代末にこの一〇年を振り返ってもっとも印象的だった風景は、東京湾埋め立て地のゴミ投棄現場だったと語る[16]。白や黒やブルーのゴミ袋に入れられた不燃ゴミが、埋め立て地に次々と投棄されていく。ゴミは、「晴れ上がった春先の午後の日に、見渡す限りきらめき光っていた」（一〇～一一頁）。この圧倒的な光景を、日野はその後『夢の島』という長編小説に書いた[17]。主人公昭三――昭和三（一九二八）年生まれの含意がある――には、戦後の東京の歩みが重ねられている。建設会社の社員である昭三は、その復興の歩みを担った一人であるが、現代のきらびやかな都市の中に、不意に過去の残影を見るようになり、さらには出逢った若い女性陽子に導かれながら、湾岸のゴミ埋め立て地を繰り返し訪ねるようになる。

幾らか日ざしが翳って感じられたが、高層ビルはいぜん白々とかっちりと輝いていた。焼跡の中にあれを建ててきたのだ、と思った。

　中央防波堤の外側で見たゴミの記憶が浮かんできた。かつてまわりじゅうの地面から力を吸い寄せ吸い取って盛り上がったビルの並びが、いまは絶えまなく夢を食い廃物を吐き出して、新しい地面を生み出す壮大な循環装置になろうとしていた。（五一三頁）

回復していく戦後の景気の中、次々と建設されていたビルの性格が変わりつつあることを主人公は見て取っている。周囲の力を寄せ集めて成長していたそれは、いまやその歩みを緩め、「新しい地面を生み出す壮大な循環装置になろうとして」いる。この「新しい地面」こそが、ゴミによって作られる湾岸の埋め立て地の地面だ。

　物語の結末、昭三は釣り糸に絡まった鳥を助けようと身を乗り出し、誤って逆さ吊りとなって死を迎える。頭を下にしてぶら下がりながら、昭三は逆さになった東京の高層ビル群を見る。


　キノコの巨大な群棲のように、それは見えていた。逆さになった灰色のキノコの山。光が急速に薄れる。暗くなってゆく。空はうねる黒で、大地は透明な黒だ。逆さまの東京の街だけが白っぽい灰色の燐光を放って、ますます光ってくる。

　その背後にぼんやりと焼跡の光景が浮かんでいる。白茶けた広がりの中に崩れ残った壁、裸の木の幹、燃えている市外電車、空が激しく渦を巻いている。叫び声がひびいてくる。その光景と二重写しに、いや焼跡そのものがねじれながら動いて膨らんでいるのだった。（五一四頁）

日野の小説は、そびえ立つ現代都市の背後に焼跡を幻視する。巨大なキノコのように膨れ上がる高層ビル群は、焼跡のそのものが膨らんでいるようだというのである。同じ小説で日野は、都市が循環によって吐き出したゴミが、海へと溢れだし、新たな地面を作り出していくようすも書き込んでいた。現代まで続く、都市とゴミと土地が結びあったエコ・システムである。現代都市と焼跡とゴミとが、「夢の島」という象徴的なタイトルのもとで結び合う。それが、戦後日本を通貫してみせる日野の一九八五年のビジョンである。

7．積み重なる瓦礫と見えない核のゴミと

大地震は繰り返し起こり、また別の街で家々が瓦礫と化した。むごい現実だが、それがこの日本の歴史である。一九九五（平成七）年一月一七日に起こった阪神淡路大震災は、震度六を記録した。とりわけ被害は神戸市において甚大で、長田区では二日間にわたって街が延焼しつづけた。死者は六四

〇〇人を超えている。二〇一一年三月一一日に起こった東日本大震災は最大震度七、マグニチュードは九・〇、これは国内の観測史上で最大である。東日本各地を激しい揺れが襲い、東北地方沿岸部には大津波が押し寄せた。死者は一万五千人をこえ、行方不明者と震災関連死をあわせると、合計で二万人超となる。さらに東日本大震災では、東京電力福島第一原子力発電所において事故が起こり、大量の放射性物質が漏れ出た結果、一六万人とも言われる住民が避難を余儀なくされた。二〇二一年の現在もなお、帰宅困難地域が残る。

阪神淡路大震災における瓦礫の句を、二句紹介しよう。

寒の暁瓦礫に母が立ち通す　　皆川盤水
震災の瓦礫の街のさくら餅　　神尾季羊

いずれも『悲傷と鎮魂　阪神大震災を詠む』（朝日出版社、一九九五年四月）という震災を詠んだ短歌俳句を集めた書籍からの引用である。阪神淡路大震災が起こったのは、一月の午前五時四六分だった。冬の朝の季語である「寒の暁」は、この時間を念頭に置いて読むべきだろう。まだ暗く、寒い、明け方である。「立ち通す」母は、何を思っているのか。あるいは何を、待っているのか。「立ち尽くす」ならば、呆然とそこに立っているようすを示すだろう。しかし「立ち通す」という表現からは、意志を持って、一定の時間を送る姿が目に浮かぶ。瓦礫と化した家の前で「母」と呼ばれる女性は、行方の知れぬ彼女の子供を待ち続けているのだろうか。

「震災の瓦礫の街のさくら餅」。さくら餅は晩春の季語。「震災の瓦礫」とさくら餅の取り合わせに、被災地を通り過ぎた二、三ヶ月の時の流れを見なければならない。さくら餅を食べられる程度には、落ち着いてきているのだろう。だが、そこは「瓦礫の街」でありつづけている。生活の本格的な再建は、まだまだ遠い。時間の経過した瓦礫は灰色か褐色か、落ち着いた彩度の低い色合いであり、破壊の痕跡を残して鋭い断面をさらしている。そのくすんだ鋭角の瓦礫が覆い尽くす街で、さくら色の、ぽってりとまるくあまい餅が手渡され、頬張られる。被災地のきびしい状況の中の、ほっと一息附ける一コマだったのだろう。

次は、東日本大震災の句である。長谷川櫂の『震災句集』(中央公論新社、二〇一二年一月)から、やはり二句ひく。

幾万の雛《ひな》わだつみを漂へる
湯豆腐や瓦礫の中を道とほる

雛は雛人形のことと注記がある。二〇一一年の桃の節句に出された、雛人形たちのことである。その年も、東北沿岸の町々、村々で、雛人形は飾られた。その雛を、津波が襲った。波にさらわれて、海に引きずり込まれた幾万の雛人形。それにしても、なんというスケールの句か。きらびやかに飾られた姿で、青黒い海中を漂いゆく幾万の雛。雛は、海流に乗って、いやあたかも海流そのもののように、海を進むだろう。(18)その雛一体一体に、持ち主がいた。おそらくは女の子。一人だったかも知れないし、姉妹だったかも知れない。あるいは持ち主は、かつて女の子だった女性、なのかもしれない。彼女たちは、生き延びただろうか。わだつみを漂う雛の顔の表情を、一体一体覗いてみたら、もしかしてわかるかもしれない。

「湯豆腐や瓦礫の中を道とほる」。阪神淡路大震災のさくら餅と対比するために選んだわけではないが、こちらも印象的な句だ。やはり、瓦礫と食べ物が取り合わされている。かたや、モノトーンで硬い瓦礫。かたや、白くやわらかく、なめらかな湯豆腐。湯豆腐は冬の季語。発災した三月から、季節はすでにめぐって冬に入っている。瓦礫は、まだ残っている。が、一年近くが経過した中、瓦礫の中に道がとおっている。被災地を生きる人たちが、繰り返し通ったことによってできた道である。湯の中で揺らぐ白い豆腐、立ち上る湯気と、瓦礫の街の道とが取り合わされ、あたかも湯気越しに、その道を見るかのような気持ちになる。被災地の厳しい寒さの中にも、生活のぬくもりが戻りつつあるのだろうか。

東日本大震災の原発事故に関連しては、津島佑子の短編「半減期を祝って」を掲出した。『群像』

二〇一六年三月号に掲載されたこの作品が、同年二月に亡くなった津島の遺作となった。『群像』同号の特集は「三〇年後の世界　作家の想像力」だった。この企画に応え、津島は三〇年後の日本を書いた。三〇年後は、セシウム１３７の半減期である。タイトルの通り、物語世界では、半減期を祝う祭りが行われている。しかし、主人公のトウホク出身の老女――いまはトウキョウにいる――は、なにも変わった気がしない。だがその一方で、何もかも変わってしまっているのかもしれない、とも思う。実際、その世界では依然としてセシウム１３７以外の目に見えない放射性物質が存在し続けており、ＡＳＤ（愛国少年（少女）団）という一四才から一八才までの子供たちの組織もできて、独裁的な政権をサポートしたりしているのだった。

ゴミの観点からこの小説を読むならば、セシウムやプルトニウムといった放射性物質がそれにあたる。むろん、それら極微少な物質を、そのまま「ゴミ」と呼ぶことは難しい。だが、放射性物質の一つの特徴は、付着し汚染することによって、他のものを使用不能にするところにある。使えなくなったものは、廃棄するほかない。ただし捨て場所を探すことが、困難であるわけだが。放射性物質は、ゴミでなかったものをゴミへと変える。触れることのできない、危険なゴミへと。セシウムそのものは目に見えない。だから「変わった気がしない」。だが実際には、それは物質に付着し、汚染し、人の体内に入り込む。その量が多ければ健康に深刻な影響を与える。核のゴミは、それ以外のゴミとは大きく性格を異にする。核開発とともに現れたそれは、長期的に我々の社会のかたちを変えてしまう。

福島第一原子力発電所の原子炉という巨大なゴミが、最終的に廃炉措置を終えるまでには、あと三〇年から四〇年かかると東京電力は述べている。[19] もちろんこれは楽観的な見通しで、実際には廃炉の方法も、取り出したデブリ（融解した核燃料）をどう処分するかも、いまだ決まってはいない。[20]

以上、明治以降の文学作品を取り上げながら、ゴミを考える／ゴミから考えるいくつかの着眼点を示してきた。本書に収める作品を選ぶに際して、さまざまな切り口を模索したが、やはりモノとしてのゴミが、比較的大きな分量で扱われていることを第一とした。同時に、近現代をゴミの観点から通時的に見渡せるように、幅広い年代から作品を選び、掲載もおおむね発表順とした。紙幅の関係で、長編小説は収められないため、解説で重要な作品に言及する方針としている。「ゴミ」の範囲は、典型的ともいえる紙くずや廃品、生ゴミだけでなく、塵や瓦礫、放射性物質も一部で含めることとした。「ゴミ」には多様性があり、時代的な変遷があることを示す意味があると考えたからである。一方、比喩としてのゴミ（人間のゴミ、社会のクズなど）は含まないこととした。これもゴミの問題の範疇ではあり、修辞に関心を払うことは文学の分析として重要であるが、今回はモノとしてのゴミに焦点を絞ったアンソロジーとした。

ゴミを切り口とした文学研究があり得るのではないか、というアイデアを最初に持ち出したのは、本書で共同編集をしている熊谷昭宏だった。もう一五年ほど前になるだろうか。ある学会の企画案のコンペティションに、彼が最初の提案を出した。企画は残念ながら通過しなかったが、それを酒席で熊谷から聞いた私は、そのアイデアにいたく感心した。そのまま二人で飲みながらゴミを描いた作品について、あれもこれも、と話し合ったように覚えている。その後、それぞれが授業で扱ったり、学内のシンポジウムのテーマに設定したりなどして来たのだが、なかなか本にまでするのは時間がかかった。とはいえ、その間に起こった震災、原発事故、あるいは環境批評への再注目の機運などを考えれば、ゆっくりと企画をあたためたのがよかったと、今では思える。この挑戦的でやや奇抜とも言えるアンソロジーを引き受けて下さったのは、同じ紙礫シリーズの『図書館情調』でお世話になった皓星社の晴山生菜さんだった。ご理解とご助力に感謝します。

ゴミを語ろうとすると、いくつものタブーや配慮に突き当たる。他人のゴミを漁り、ほじくりだせば、眉をひそめられる。人間も死ねば廃棄されるが、死体をゴミだと言えば叱られよう。ゴミを扱う仕事に従事する人は、しばしば差別・蔑視の対象とされてもきた。現在でも、産業廃棄物の処理にしても、原発（事故を含む）の核廃棄物・放出物の処理にしても、ゴミを扱う現場には、さまざまな社会的なひずみが集まる。

臭いものの蓋を、わざわざもう一度開けてみることは、悪趣味だろうか。そうかもしれない。だが、私たちの秩序は、排除と廃棄と抑圧によって保たれる。そして排除と廃棄と抑圧は、どこかに必ずしわ寄せが行くのだ。文学の言葉の力を借りながら、バウマンの言う二台目のトラックの後を追いかけよう。うち捨てられ、排除されているゴミを探訪し、読み込んでいけば、秩序の薄暗い裏面が見えてくる。抑圧され不可視化されたトラックを捕らえてはじめて、飲み込んでは排出する、私たちの貪欲な世界の全貌が、回帰してくるのだ。

【註】

（1）ジグムント・バウマン『廃棄された生——モダニティとその追放者』中島道男訳、昭和堂、二〇〇七年〔原著・二〇〇四年〕、四六頁。
（2）Bennett, Jane. *Vibrant matter*. Duke University Press, 2010 : 21-23.
（3）メアリ・ダグラス『汚穢と禁忌』塚本利明訳、筑摩書房、二〇〇九年〔原著・一九六六年〕、一〇三頁。
（4）前掲バウマン『廃棄された生』九頁。
（5）ジグムント・フロイト「不気味なもの」『フロイト全集　17』藤野寛訳、岩波書店、二〇〇六年〔原著・一九八六年〕、三六頁。初出論文は一九一九年刊。
（6）ジュリア・クリステヴァ『恐怖の権力——「アブジェクシオン」試論』枝川昌雄訳、法政大学出版局、一九八四年〔原著・一九八〇年〕。
（7）岸恵美子「いわゆる「ごみ屋敷」の実態とその背景に潜むもの」『廃棄物資源循環学会誌』二八巻三号、二〇一七年五月。
（8）多和田葉子「献灯使」『献灯使』講談社文庫、二〇一七年。
（9）ジャック・デリダ『マルクスの亡霊たち——負債状況=国家・喪の作業・新しいインターナショナル』増田一夫訳、藤原書店、二〇〇七年〔原著・一九九三年〕、一四頁。
（10）正岡子規「俳諧反故籠」『ほとゝぎす』三号、一八九七年三月。

(11) 川路が「塵溜」という詩材のアイデアを得た先として、子規の前出の文章を想定したのは、野口存彌である。野口存彌「川路柳虹・少年詩人（三）――最初の口語自由詩を書くまで」『武蔵野女子大学文学部紀要』四号、二〇〇三年三月。

(12)「塵溜」は川路の詩集『詩集　路傍の花』（東雲堂、一九一〇年）に収められた際、「塵塚」と解題され、字句にも修正が施されている。

(13)「東日本大震災の記録と津波の災害史（1F常設展示）」リアス・アーク美術館ウェブページ。http://rias-ark.sakura.ne.jp/2/sinsai　二〇二一年一〇月六日確認。加島正浩氏の教示による。

(14) 村田裕和「岡本潤の戦中・戦後――『襤褸の旗』の頃」『論究日本文學』第九六号、二〇一二年五月。

(15) 峠三吉『原爆詩集』われらの詩の会、一九五一年、のち青木書店、一九五二年、所収。

(16) 日野啓三「廃墟のコスモロジー」『都市という新しい自然』読売新聞社、一九八八年、初出『新潮』一九八八年五月号。

(17) 日野啓三「夢の島」『群像』一九八五年七月号。引用は、『昭和文学全集』第三〇巻（小学館、一九八八年）による。日野啓三の同作については、安藤優一「日野啓三論――『夢の島』にみる戦後」（『日本文学文化』一二号、二〇一三年二月）がある。

(18) 海に流れ込んだ震災の瓦礫やゴミについては、芳賀浩一が東日本大震災の津波が運んだゴミが、カナダの西海岸に漂着するというエピソードを物語に含む、ルース・オゼキの長編『あるときの物語』上下（田中文訳、早川書房、二〇一四年［原著・二〇一三年］を論じている。芳賀浩一「第七章　時を動かすモノ――ルース・オゼキ『あるときの物語』」『ポスト〈3・11〉小説論――遅い暴力に抗する人新世の思想』水声社、二〇一八年。

(19)「廃炉に向けたロードマップ」東京電力ホールディングス・ウェブサイト　https://www.tepco.co.jp/decommission/project/roadmap/。二〇二一年一〇月七日確認。

(20)「原発事故9年　廃炉作業　残り約30年で終えられるのか?」NHK　https://www3.nhk.or.jp/news/special/sci_cul/2020/03/story/20200304_story/index.html。二〇二一年一〇月七日確認。

求められ嫌われる、曖昧で気になるものたち

熊谷昭宏

ここでは、本書収録作品のうち、幸田露伴「ウッチャリ拾い」、稲垣足穂「WC―極美の一つについての考察―」、和木清三郎「屑屋」、KMS「屑屋」、埴原一亟「塵埃」、廣津和郎「浮浪者と野良犬」、関根弘「ゴミ箱の火事」について、いくつかの観点から解説してみたい。また、本書に収録されなかった関連作品も適宜紹介していくことにする。

一、ゴミを探し求める

屑屋・屑拾いという仕事

日本では一九〇〇（明治三三）年、たび重なるコレラ、ペスト等の感染症の流行を背景に、汚物掃除法が制定された。これは、大都市に限られたとはいえ、自治体が汚物、つまりゴミの収集と処分の費用を負担することを義務づけた最初の法律である。その目的は、不衛生なゴミを都市からその周縁

部へと遠ざけることであった。ただし、実際のゴミの収集は民間の業者が請け負っていた。これに先立ち、既に一八七二（明治五）年には、特定の業者に半永久的なゴミ収集の権益を認める江戸時代以来の制度が廃止され、ゴミ処理業界では業者の新規参入が始まっていた。ただ、ゴミ収集の請負額は安かったようである。そのため、収集したゴミから取り出される有価物の売却益を増やすことが、業者の重大な関心事であった。

有機系ゴミに関しては、家庭から出されたゴミを路上のゴミ箱から収集して郊外に運搬し、肥料の原料として農家に売却したり、海などに処分（投棄）するのが収集業者の役割とされた。実はこの仕組みの原型は、江戸時代には成立しており、明治以降もこのサイクルが継続していたと言える。しかし、技術革新によって、肥料の原料として依然有用であった屎尿以外の有機系ゴミの需要は次第に低下し、収集業者は運搬費用に見合った利益を得られなくなった。そこで、収集の遅延やゴミの不法投棄が横行するようになり、新たな社会問題となった。このような事情から、一部で自治体直営のゴミ収集が始まったり、業者への手数料が発生することにもなった。

非有機系ゴミの処理についても、江戸時代には、古着や布を再生するボロ（ボロキレ）をリサイクルするシステムができあがっていった。それに加えて、開国以降、再生紙に利用するボロの輸出が始まり、その需要は急速に高まった。その後、日本にもボロから洋紙を再生する技術が移入され、昭和に入ってから国内消費が本格化した。それ以外にも、空き瓶の再利用やガラスの再生も行われるようになった。

非有機系ゴミのリサイクルにおいて中核を担ったのが、建場（ゴミの集積場）を経営する収集業者と、そこにゴミを運ぶ屑屋たちであった。収集業者は、自分の建場に所属しゴミを集める個人経営者のような屑屋たちを抱えていた。建場には、ゴミの選別などを行う人々も雇われていた。屑屋たちは警察公認の鑑札を貸与され、町中を歩き回り、家庭や会社等を訪問してゴミを買い取った。建場に運搬されたゴミは、その種別と量、そして相場に応じて金銭に交換され、買い取り額との差額が屑屋の収入となった。

明治期の東京の貧困層の生活を報告したルポルタージュの代表、松原岩五郎の『最暗黒之東京』（民友社、一八九三年）に、「貧街の稼業」の例として、「屑買《くずかひ》」と「屑拾ひ」が挙げられている（同書二二頁）ように、これらは都市部の貧困層の生業の代表的なものであった。ちなみに、ゴミの買い取りを行わず、専ら拾得したゴミを換金していた人々は、「屑拾い」と呼ばれることが多く、客を呼び、ゴミの買い取りをする「屑屋」と区別されていた（後に「バタ屋」という呼称も加わった）。一八九九（明治三二）年刊行の平出鏗二郎『東京風俗志』上（冨山房、一八九九年）でも、「紙屑買は略して屑屋といふ」とし、「窮民」層によく見られる「紙屑拾ひ」と区別している（同書三八頁、五一頁）。「屑屋」は、「屑拾い」と比較した場合、あくまで相対的にではあるが、立派な職業であると認識されていたようだ。

本書収録作品には、こうしたゴミ収集に関わる人々がたびたび登場する。本解説では、特別な必要がない限り、彼らを「屑屋」、「屑拾い」と呼ぶことにする。

屑屋・屑拾いたちのいる風景

『最暗黒之東京』同様、この時代の東京の貧困生活を調査した横山源之助の『日本之下層社会』（教文館、一八九九年）では、屑拾いの一日の平均的な稼ぎを「十四五銭内外」としている（同書一二六頁）。一九〇〇年頃の日雇い労働者の日当の目安が三七銭であること[1]を考えると、かなり少ない収入だと言える。この状況は、汚物掃除法施行以後もほとんど変わらなかった。

ただし、屑屋も屑拾いも、まれに掘り出し物に出くわすことがあったらしい。特に屑拾いの場合は、そういったお宝を期待して、ゴミ箱などを漁ることも多かったようだ。

とはいえ、そのようなお宝に出会う日がある一方で、どこを訪ねても金になるゴミが見つからず、日銭を得られないことも当然あり、基本的な収入が少ないだけでなく、決して安定しているとは言えない仕事でもあった。

いずれにせよ、屑屋・屑拾いの姿は、戦前の日本の都市では、極めてありふれた風景であったということは確認しておきたい。そして我々が次に興味を抱くのは、そのようなありふれた風景、屑屋・屑拾いの姿というものを、文学作品がどのように描いてきたのか、ということである。

幸田露伴の「ウッチャリ拾い」は、明治の文豪露伴が友人の七山生と東京湾沿岸の舟遊びを楽しんだエピソードを綴った文章である。紀行文（旅行記）とみなすこともできるこの文章では、上げ潮に乗って隅田川河口を遡上する小舟から眺められたゴミの堆積する「川洲」の風景と、そこでゴミを拾い集める「ウッチャリ拾い」の様子が語られる。ここで言う「ウッチャリ拾い」は恐らく、高価なゴミを探し求める、屑拾い（あるいは掘り出し物を探しに来た屑屋か）の一人だったのだろう。

露伴は「ウッチャリ拾い」発表の七年前に、近代国家の首都としての東京を批評した評論「一国の首都」（『新小説』第四年第一三・一四巻、一八九九年一一・一二月）を著している。その後半（前掲『新小説』第四年一四巻）では、「悪水排泄方法の完備の必要は衛生上寧ろ飲用水供給の方法の完備の必要よりも必要なり」と、下水道完備の必要性が力説される。ここから分かるように、東京の衛生事情は、早くから露伴の重大な関心事であったようである。だからこそ、汚水が流れ込み、ほしいままに廃棄されたゴミたちが浮遊する、隅田川のおぞましい一面に観察の目を向けることができたのであろう。

ところで露伴は、「ウッチャリ拾い」の仕事を、「聖賢権者」が地獄へ落ちようとする者を救済するかのように、「百幾万の人が打棄ったもの」を「拾い上ぐる」という意味で、「神聖なる労働」であると意味づける。また「ウッチャリ拾い」を初めて目にした七山生も同意し、「親や兄弟の臑骨などをガリガリと咬りながら、演劇改良論や外交論を仕て居る」知識人たちよりも、「何程世間の為になるか知れ」ないと感心する。ただ、彼らは感心はするが、感謝をしているわけではない。船頭からは、「好いものを拾い出す事も有る」という夢のある話も聞かされるが、夢を追わざるを得ない生活の実態は、全く話題に上らない。忌まわしいゴミに触れる「ウッチャリ拾い」とそれを眺める露伴たちとの間には決定的な断絶があり、眺める側がゴミに触れたり、眺められる側と交流する可能性は、全く考えられない。いや、だからこそ、「ウッチャリ拾い」の仕事を「神聖」であると、即座にかつ素朴に言うことができてしまうのだろう。

屑屋・屑拾いたちの苦悩

露伴らが眺める「ウッチャリ拾い」は黙々とゴミ拾いを続けるだけで、その内面を窺うことはできない。また露伴も、彼の内面に想像をめぐらすことはない。しかし、文学作品が屑屋・屑拾いたちの内面を描かなかったわけではない。

例えば、「女の髪」（本書収録、日比の解説参照）の作者田山花袋は、大正期に「遺伝の眼病」（『太陽』第二四巻第一号、一九一八年一月）という小説を発表しているが、これは屑屋の内面、特に苦悩が描かれる小説である。

養家を飛び出し上京した青年Tは、僅かな所持金で新生活を開始し、押し売りまがいの訪問販売に手を出した後、屑屋になる。Tは最終的に、屑屋の仕事内容を「富貴の子弟が車や馬車で学校に通つてゐるものよりももつと貴いことである」と意味づけるのだが、その境地に至るまでは、社会の底辺に落ちたことを自覚し、苦しむのである。

前出の平出鏗二郎『東京風俗志』上では、屑屋の「売声」は「くづい〳〵」であると紹介されている（同書四七頁）。屑屋のこの独特な掛け声が重大な問題となるのが、和木清三郎「屑屋」である。慶應義塾大学出身の和木は、一九二八（昭和三）年から一九四四（昭和一九）年まで『三田文学』の編集を担当したが、本作はそれより前に発表されている。

前述したように、一般的に屑屋は、屑拾いより相対的に立派で信用のある職業であると見なされてはいたが、その信用は、彼らが自分の職業をどのように認識していたかということとは別問題である。和木の「屑屋」において、主人公「彼」が屑屋となったいきさつは、明らかに人生の転落として語られている。また彼は、「屑屋」の代名詞である「屑ゥい。屑ゥやァい」「屑や、お払い！」のかけ声がなかなか出せない。その理由は、かけ声を発することを屈辱として感じていたからであろう。彼は、経済的に恵まれていた「昔の身柄」を思い出し、「とうとう、おれも屑屋になったか」と落胆する。そして初めてかけ声を出す段になって、前日までの無意識的な「屑屋」への差別的なまなざしを自身に向けざるを得ないことに気づき、苦悩するのである。この苦悩は、ゴミ収集初日の夕方まで続くのだが、最終的には意を決した彼の口から、問題のかけ声は発せられる。

ちなみに、明治末年に発表された社会探訪ルポルタージュの一つ『東京闇黒記』の著者村上助三郎は、三日間の屑屋体験を語る中で、「屑――イ、クズヤお払ひ、」というかけ声を出せるようになるまでに、ある町内を二周しなければならなかったと述べている。[2] 和木の「屑屋」で「彼」は、かけ声の第一声がなかなか出てこないことに苦しみ、苛立つ。一方で、ひとたびその声が発せられてしまえば、その瞬間彼は正真正銘の屑屋となるわけであり、それを容易に受け入れたくはないというジレンマに陥る。

この小説は、「彼」の発声を機に、内なる差別的なまなざしが自身に向くことで、アイデンティティに動揺が生じる物語である。また同時に、屑屋として、前日までとは異なる日常を生きることを受け入れる物語でもあるだろう。

ゴミを探し求める人々への差別的なまなざしには、前近代的な〈けがれ〉の観念に、明治以降の各種感染症への怖れと近代的な衛生観念が加わっていただろう。また、屑屋・屑拾いが貧困層の人々が手っ取り早く就くことのできる数少ない職業の代表であったことも、このような価値観を強固なものにしたと考えられる。こうした風潮は、その後も基本的には変わらなかった。

屑屋・屑拾いたちの夢

屑屋が貧困層の職業になりやすかったことは、既に述べた。「遺伝の眼病」の主人公Tも、自分が社会の底辺に落ちてしまったことを自覚する。しかし彼は、眼病治療のため、屑屋で成功しようと努力する。裸一貫で始められる（始めざるを得ない）仕事だからこそ、人生における成功、逆転、再出発を目指す物語も生まれる。

ＫＭＳの署名を持つ「屑屋」は、昭和初期のプロレタリア文学運動の拠点の一つである『戦旗』に発表された詩である。同号にはこのほかに四篇の詩[3]が発表されているが、いずれも、過酷な環境を耐え忍ぶ労働者の連帯と革命への期待が表現されている。

この詩において、屑屋は日頃の労働の中で、自分たちが「ブル」ジョア層から「人間の屑」と「なめ」られているということを強く自覚している。比喩のレベルとはいえ、人間がゴミ扱いされるのは屈辱的である。やはり昭和に入っても、屑屋へのまなざしは明治から変わっていないことが分かる。

ただここでは、屑屋自身が、「ブル」ジョア層が彼らを蔑む時に用いる「人間の屑」という表現を利用する。開き直るかのように、敢えて自らを積極的に屑、つまりゴミにたとえたうえで、ゴミが権力に抗い、逆転を図る革命のダイナミズムを想像させる。もちろん、現実においてはなかなか逆転劇は起こらない。しかし、文学作品の中の屑屋・屑拾いの生活は、悲観だけでなく、逆転のエネルギーとも結びつくのである。

再び有機系ゴミ、特に屎尿の処理に目を向けてみよう。堆肥の原料としての屎尿の需要も、他の有機系ゴミ同様次第に低くなり、自治体指定の業者による委託汲み取りが一般化した。そして一九三〇（昭和五）年、汚物掃除法が改正され、屎尿の汲み取りが市町村の義務となった。

第六回芥川賞受賞作の火野葦平「糞尿譚」（『文芸会議』第四号、一九三七年一〇月）は、この汚物掃除法改正後の福岡県若松市（現北九州市）を舞台に、屎尿汲み取り業者を取り巻く市役所と地方議会、その背後にある政党や陰の実力者たちの力学が描かれた小説である。

市指定の屎尿汲み取り業者である小森彦太郎は、地域の汲み取り業者の待遇改善、さらにはその後の市による業務の高額での「買取」[4]を夢見て奔走するが、地元の有力政治家たちの勢力争いに巻き込まれる。時間と財産、労力と情熱を注ぎこんだ彦太郎のもくろみは志半ばで失敗に終わる。ゴミが大きな商取引の対象となると、人々が捨てるゴミをめぐって大きな利権が働くことになる。ここでもゴミは、経済上の成功の夢と結びつくが、同時に、我々の日常生活の暗部も想像させる。火野は戦後、「糞尿譚」で彦太郎と対立する「塵芥部落」のゴミ処理業者の人々を描いた、「黄金部落」（『新文学』第四巻第一号〜第五巻第八号、一九四七年一月〜一九四八年八月）という作品も発表している。

日中戦争が始まると、政府は既に高騰していた屑鉄[5]の流通を管理し、軍需産業等における再利用を強化するようになった。そこで、ゴミを適正な価格で収集し速やかに流通させることを狙って、屑屋をとりまとめる業者には、明治以来の鑑札のように、警察公認の腕章が与えられるようになった。その後、国家総動員体制のもと、屑鉄等の有用なゴミの収集と再利用のシステムも統制の対象となった。この屑鉄市場の活況に乗じてゴミ収集業者も屑鉄の収集に力を入れるようになり、大きな収益を上げる者も現われた。

早稲田大学出身で、三作品が芥川賞候補となった埴原一亟の「塵埃」に登場する建場の親方も、この時期のゴミ特需における成功者の一人である。「塵埃」は、ゴミ収集の建場に集う人々の人間模様を描いた小説である。

この作品でも、新たに屑屋となる音平が登場する。初めての収集を終えて建場に帰った彼は、和木清三郎の「屑屋」の「彼」同様、「クズイって声は出ねえですね」と、屑屋としての第一声に対するためらいがあったことを告白する。程度の差こそあれ、音平もまた、無意識の内なる差別が自身に向けられることに戸惑いを覚えただろう。音平が「彼」と異なる点は、「屑屋って、儲かるもんだね」と、初日の成功によって単純で楽観的な展望を示したことである。しかし、彼もまた、ほどなく同業者とのし烈な競争などの苦難を経験することになるのだろう。

「塵埃」には、何人かの朝鮮人の屑屋が登場する。屑屋の松さんが狙っていた「お邸」に病人が死んだタイミングで訪問し、蒲団などのゴミを大量に入手した別の建場所属の男。そして、屑屋での稼ぎを学資にして私立大学の夜学に通う苦学生の一人、金と、屑屋稼業を「正しい職業」と見なし、同じ建場の中新と衝突する朴らである。

幼くして日本に渡った在日朝鮮人作家の金達寿も、屑屋を経験している。彼は小学校を出ていくつかの職を転々とした後、一九三六（昭和一一）年、一六歳で屑屋となった。そして「塵埃」の金のように、屑屋で学資を稼ぎ、日本大学に通った。彼は自身の半生の回顧録『わがアリランの歌』（中央公論社、一九七七年）で、「屑車を曳いて街中《まちなか》を歩くのが恥ずかしかった」と振り返っている（同書一一三頁）。また、戦前日本に渡った朝鮮人の職業について、「朝鮮人の職業といえば土方か屑屋、さもなければ体じゅうを糞まみれにしている「おわい屋」でしかなかった」と述べている（同書一〇六頁）。ちなみに「糞尿譚」でも、彦太郎のもとで屎尿汲取りに携わる数少ない「おわい屋」の従業員の中に、李聖学という朝鮮人が含まれている。

「塵埃」に登場する朴はしばしば、相場より高い額でゴミを買い取ってでも同業者との競争に勝とうとする。その行動は、いくら損をしても自分の資金でゴミを買い取ることが「被圧迫的地位（※初出では「××××××」）にある人間として、たった一つの競争する武器であった」という、被抑圧者としての彼の信念に基づいていた。そんな朴を見て、帳場でゴミの査定を手伝う台どんは、「あんなに働いても屑屋は屑屋だ」とつぶやく。また、同じ建場に出入りする屑屋の中新は、朴のやり方が地域の屑屋全体の不利益につながると強く忠告する。朴は忠告を聞き入れず、激怒した中新はビール壜で朴の頭を殴って騒ぎを起こす。中新は釈明するが、内心、「無意識のうちに半島人の浸潤に、ある敵対性をいだいて」おり、「屑屋は早晩、半島人に圧倒される」という恐怖に基づく、朝鮮人嫌悪の感情があったことを自覚する。「屑屋は屑屋」と蔑視される者同士であっても、ささいなことを契機に、その内部で朝鮮人と日本人という、もう一つの線引きによる差別が露わになる。一方で、稼ぎを学業につぎ込む金ら四人の苦学生はみな「真面目」で、屑屋の稼ぎを資本に学問に打ち込む、この建場に出入りする数少ない知識人である。特に金は、「自然に備わっていた徳」も手伝って、仲間から尊敬される存在だ。作者埴原は、差別の中でも知性と品位を失わず、ゴミにより夢に向かう一目置かれる朝鮮人たちの姿も、忘れずに描き出していた。この点は注目に値するだろう。

その後、一九五四（昭和二九）年施行の清掃法により、市町村が行うゴミの収集・処分を国と都道府県が援助することが義務付けられた。このような法整備の過程で、戦後の混乱期にはまだ都市風景の一部だった屑屋たちの姿は、少なくなっていった。しかし、清掃法施行後の大阪では、空襲によって壊滅した砲兵工廠の跡地に不法侵入して金属塊を運び出し、朝鮮戦争の古鉄特需に乗じて密売する、闇屑屋集団「アパッチ」が暗躍していた。(6)この「アパッチ」を描いたのが、開高健の小説「日本三文オペラ」（『文学界』第一三巻第一号～七号、一九五九年一月～七月）である。

「日本三文オペラ」における「アパッチ」たちは、古鉄という宝が眠る砲兵工廠跡地を「杉山鉱山」と呼び、警備の網をかいくぐり、夜陰に紛れて盗掘を繰り返した。さらに注目すべきは、主要人物フクスケが属するグループが、大阪の朝鮮人コミュニティで生活するキムを頭領とし、当時アメリカの統治下にあった沖縄を含む、全国からの流れ者が組織化された集団だったということである。ゴミを介して、さまざまな人間がその出自に関係なく協力し、時に実力を競い合ったのが「アパッチ」だった。彼らは最終的には、警察の一斉取り締まりをきっかけに壊滅するのだが、権力をあざ笑い、底辺からの成功を狙う物語に、ここでもゴミが関わっているということは、非常に興味深い。

二、ゴミを見に行く

語るべき風景としてのゴミ

我々はしばしば、見えているはずのゴミを見なかったことにする。つまらないと同時に、嫌なものだからである。しかし、文学作品の風景描写は時折、いつでもそこにあるはずだが顧みられないゴミを、まさにそこにあるものとして語ってしまう。そのような描写に接して、我々はゴミが隣人であることを再確認し、時に不快ではあるが、それらと向き合う時間を持つのである。

幸田露伴の「ウッチャリ拾い」では、東京市民が顧みないゴミの山と、そこで活動する「ウッチャリ拾い」の姿が詳細に語られている。紀行文で語るべきは、風光明媚な名所であると一般的に考えられていた時代にあって、露伴は敢えて、語るに足らない対象を興味深い風景として語ったことになる。(7)ただ、全てのゴミが都会の観察者たちの視界に入っていたわけではない。大都市の生活者の前から姿を消すため、都会の風景にはならないゴミも多かった。

川路柳虹「塵溜」(本書収録、日比の解説参照)発表と同年、田山花袋の旧友である江見水蔭は、千葉県内の料理屋での見聞を語る「悪道路」(『太陽』第一三巻第一二号、一九〇七年九月)を発表している。私娼窟でもある料理屋の周辺道路の様子を、水蔭は次のように語っている。

千葉の農家で肥料《こやし》にすべく東京の塵芥《ごみ》を買つて、畑地《はたち》へそれを蒔散《まきち》らすとなる。それを其儘《そのまゝ》振《ふり》蒔《ま》くかといふと、然《さ》うは為《し》ない、抑《そもそ》もが掃溜《はきだめ》の中の物だ。下駄の歯もあれば、靴の底もある、茶碗の破片《かけら》もあれば、硝子のもある、茶鉄《ぶりき》の切屑《きりくづ》、釘の折《をれ》、木片《きぎれ》、竹片《たけぎれ》、そんな物は却《かへ》つて畑地《はたち》を荒らす計《ばか》りで決《けつ》して肥料《こやし》にはならぬので、植物性動物性の腐敗物以外には取除いて畔《くろ》に山盛りとするのである。

唯然《さ》うして積むのも無駄なの処《ところ》へ、一方の道路が泥濘を極める。けれども、敷くに砂利が無いと来て居るので、成り余る物を以て成り足らぬ処を補うのは、天地開闢《かいびやく》以来の原理だから、掃溜の選屑《えりくず》を以て道路一面に敷くといふ始末。

これが二里でも三里でも続いて居る上に、馬力の馬が無遠慮に失礼を垂らして通るのであるから、其不潔さ加減は――如何して、お話どころではない。

ここでは、ゴミが都会から近隣の地域に持ち込まれるという、現代においても変わらないゴミの地政学を垣間見ることができるが、ここで注目したいのは、嫌悪感をあらわにしつつも、これでもかと言わんばかりにゴミの散在する醜悪な「悪道路」の様子が語られている点である。悪趣味と言えばそれまでだが、一方で、ともすれば田園の美ばかりが強調されがちな農村部の風景の知られざる一面が、印象深く描き出されている。またこの後の部分で、この道がハンセン病患者や「乞食」、身体障がい者が法華寺（法華経寺）を目指して通る道であり、(8) 彼らの痕跡と路上の「塵芥《ごみ》と馬糞《うまぐそ》」が同じように忌避すべきものとして語られる。周縁に排除された人々とゴミのイメージが、ここでも容易に結びついており、忌避すべきだが、ついつい語りたくなる風景となっていることも、指摘しておこう。

新たな美とゴミ

文学がゴミを取り込む時、それらは観察の対象となるばかりでなく、意外にも美的なものとして語り直されることがある。

独自の理論によって俳句革新の旗手となった正岡子規は、馬糞に関する句を多く詠んでいる。例えば高尾山登山の様子を書いた「馬糞紀行」（『日本』一八九二年一二月一一日・一四日　※署名は子規子）では、登山後に訪ねてきた客から「旅路の絶風光」がどのようなものだったか問われ、「馬糞のいきり立たる寒さかな」、「馬糞のほうけて白き枯野かな」、「馬糞もともにやかるゝ枯野かな」など七つの「馬糞」句で答えている（前掲『日本』一二月一四日）。それを聞き、驚いて去った客が期待した「絶風光」は恐らく、月並みな山水の風景だったのだろう。

この返答は冗談ではなかったようで、後に子規は俳句における「美」について、次のように述べている。

○近時文学の上に「美」「不美」（又は醜）といふ語あり、（中略）然るに美の字を用うるがために世人は或誤つて俗言の「キレイ」といふ語と同意なりと想ふ者あり、こは大なる誤なり、「キレイ」といふことも美の一部分に相違なけれども、美には「キレイ」の外の分子もあり、即ち「キレイ」で無き者にも美なる者多し(9)

この後の部分で子規は、「キレイ」ではなくても「美なる者」の例の中に、「馬糞紀行」でも詠んだ「馬糞」を挙げている。つまらないもの、醜いものとして閑却されていた対象が、観察の仕方や表現の仕方によっては、「キレイ」でなくとも「美」となる可能性があるということである。閑却されていたものの再発見を新たな美に結びつけた子規の目は、何でもないものであった「ウッチャリ拾い」の姿を追い、東京近郊の風景のイメージを新鮮にした幸田露伴のそれとよく似ている。子規が論じたのはあくまで俳句という一ジャンルの問題であるが、このような価値の転倒は、文学、さらに言えば芸術全般に起こり得ることだろう。

屎尿を見つめる

ゴミが嫌なものである理由は何だろう。汚いからだろうか。それとも、臭いからだろうか。併せて、不衛生だからか。しかし、実は余り汚くないゴミ、無臭のゴミも多いのではないか。

哲学者の鷲田清一は、屎尿等身体由来のゴミをとりわけ汚いと感じるのは、それが自分の体の内部と外部の「中間の状態、つまり出っぱなしになっている状態」の時だとし、「じぶんの内部と外部、〈わたし〉と〈わたしでないもの〉との境界をあいまいにするもの、境界を不分明にするもの」が汚いものとされるのだ、と結論づけている。[10] この考え方をゴミ一般に敷衍するならば、ゴミを忌避する理由の根本には、それが存在意義を失うだけでなく、我々にとって親密なものたちの圏内と圏外との間でどちらともつかないものとして存在し、我々と我々ではないものとの間の境界を曖昧にする恐れがあるからだと言えそうだ。そして我々は、ゴミがそうした境界にほど近いゴミ箱（特に自分が管理しない）や便器に留まって、日常生活や身体の輪郭を曖昧にすることを嫌い、その恐怖や嫌悪感を汚いと表現しているのではないだろうか。

モダンな感性で飛行機や星に関する著作を数多く発表し、大正期のアヴァンギャルド芸術にも関わった稲垣足穂は、一面で少年愛について語る作家でもあった。そんな彼が一九二五（大正一四）年に発表した、屎尿と便所に関する風変わりな小説が、「ＷＣ―極美の一つについての考察―」（以下「ＷＣ」）である。

この小説の語り手「私」は、子規の俳論とは異なる動機と角度からではあるが、子規同様、糞尿、特に人間の屎尿というゴミの美を、教養に裏打ちされた独自の価値観に基づいて説く。語り手の「私」はまず、便所という空間の美を解説するのだが、その美は、そこで排泄される屎尿、廃棄されるチリ紙等と不可分であるという。もちろんこれは、水洗便所普及以前のスタンダードであった、屎尿が真下に位置する壺に落下して堆積する、いわゆる「ボ（ポ）ットン」便所が前提となっている。同時代には、都市部の「辻便所」、つまり公衆トイレの衛生面での問題点が頻繁に指摘され、水洗化などの改良を求める声があがっていた。新聞にもしばしば、「共同便所の改造が問題になる」[11]といった記事が掲載された時代だ。実は「私」も、ある下宿屋の便所の強烈な臭気に対しては、「頭がクラクラとして全く気を失いかけた」という反応を示している。

ところが「私」は、長期間屎尿が堆積していく仕組みを嫌がるどころか、賛美している。そのうえで「私」は、「きたないと云っても、それがみんな人間のからだから出たものと思えば」、そこに「完全な芸術の世界」や「美がふくまれている」ことに思い至ると主張し、屎尿に対する不快感の払拭を読者に求める。[12]「私」は、屎尿嫌悪に隠された最大の矛盾を美の根拠としているわけだ。さらに「私」は、便器観察の楽しみの一つとして、「それぞれの人のそのときの様子が一そう親しくわかる」ことを挙げている。屎尿等の曖昧なものたちは、それ自体が魅力的であるだけでなく、「美少年」をはじめとした出所への想像を媒介する役割も果たしているのだ。

ところで、便器の中を覗かずにはいられない「私」の行為は、我々には全く心当たりのないものだろうか。俗に言う〈こわいもの見たさ〉に突き動かされ、ついつい便器の中を覗き込んだ経験はないだろうか。もしあるなら、その時我々は、認めがたいことではあるが、屎尿の何らかの魅力に抗うことができなかったということになる。

このような美意識は、一般的にはスカトロジー（糞尿趣味）と呼ばれるだろう。それ自体に問題はないが、「WC」における屎尿の描写と考察を、特殊で理解不能な趣味を有する人々の、我々とは無関係な世界のものとして読み流すのであれば、もったいないことである。「WC」は、我々に接する曖昧な存在、日常生活の中で何度も視界に入るが、すぐに忘れたり、見なかったことにしたくなる風景への嫌悪や恐怖が、実は美と表裏一体なのではないか、というきわどい問いを投げかけている。なお、足穂は戦後、「A感覚とV感覚」（『群像』第九巻第八〜一〇号、一九五四年七月〜九月）という文章を発表している。その序盤では、あらゆる価値判断の基準となる肛門及び臀部の感覚と、それへの無意識的な関心・嗜好である「A感覚」の何たるかが説かれる。そこでは、道元の『正法眼蔵』に書かれた禅僧の排泄作法の詳細が紹介されるなど、「WC」の美意識に連なる内容となっている。「WC」ほどの生々しい表現はないが、やはり屎尿と便所の美を説いた文章として、谷崎潤一郎のエッセイ「廁のいろ〳〵」（『文芸春秋』第一三年第七号、一九三五年七月）も紹介しておきたい。谷崎は、奈良県の吉野川に面したあるうどん屋の便所を利用した際のエピソードを、次のように綴っている。

私の肛門から排泄される固形物は、何十尺の虚空を落下して、蝶々の翅や通行人の頭を掠めながら、糞溜へ落ちる。（中略）第一糞溜そのものがそんな高さから見おろすと一向不潔なものに見えない。（中略）糞の落ちて行く間を蝶々がひら〳〵舞つてゐるなんて、こんな風流な厠が又とあるべきものではない。

この便器は、屎尿が自分の身体から遠く離れていくという点で、「ＷＣ」で語られるものとは異なる。しかし、自分の身体を離れて忌まわしいものとなるはずの屎尿を、涼しげで風流なものであるかのように語る谷崎もまた、境界にある曖昧なものの美に気づいていた一人だろう。

三、ゴミは教えてくれる

ゴミの訴え

裸一貫から成功を夢見てゴミを探す屑屋の物語、醜悪なゴミに見出される美など、これまで紹介してきた作品を振り返ると、ゴミはいずれも、価値や立場の逆転、転倒に関わっている。そしてその逆転や転倒は、起きてほしい場合もあれば、起きてほしくない場合もある。後者の場合、ゴミは、恐怖や嫌悪の感情を呼び起すことになる。

花田清輝の影響を受けてマルクス主義に接近し、戦後のサークル詩の理論的支柱の一人として、ユーモアを交えた反権力の姿勢を貫いた詩人、関根弘の詩「ゴミ箱の火事」も、不気味で恐ろしいゴミを表現している。この詩には「黒いゴミ箱」が登場するのだが、これは恐らく、自治体が収集するゴミを一時的に保管するため、屋外に設置されたものである。戦後日本のゴミ事情を伝える新聞記事を拾ってみると、次のような街の声が散見する。

有楽町駅中央口から降りて、銀座のある商店に通っている者だが、この道を通っていて毎朝不快な思いをさせられるのは、途中の有楽橋の橋ぎわにある大きなゴミ箱から出る悪臭だ。（中略）毎朝都の清掃事務所から小型トラックがきてゴミを運び出してはいるらしい。が全部運びきれないのか、それとも後始末が悪いのか、いつも激しく、いやな臭気を発散している。[13]

ここに挙げた記事は東京都（品川区）民による苦情の投稿であるが、清掃法施行後も、全国の都市で似たようなゴミ問題が浮上していたことは想像に難くない。戦後日本の都市生活者も戦前同様、路上に散乱するゴミと溢れかえって悪臭を放つゴミ箱を、好ましくはないが、ありふれた風景として認識していたはずだ。

戦後の新聞を眺めると、そのほかにも例えば、「ごみ箱に嬰児死体　バタ屋が発見」[14]、「ゴミ箱に放火七件　足立で子供のいたずら？」[15]という見出しが時折見られる。現代も同様だろうが、回収が十分に行われない屋外のゴミ箱は都市の闇でもあり、汚らしさなどとは別の、ネガティブなイメージが常につきまとっていたようである。「ゴミ箱の火事」では、夜中に聞こえる、「忘れちゃイヤだよう」「ぼくはまだ人形だよう」「ぼくはまだ鏡だよう」と切なく訴えるゴミの声が繰り返される。これが現実において噂になれば、都市の怪談、不気味な都市伝説となるだろう。都市伝説は、人々の好奇心を刺激するものでもある。この詩では、不気味だからこそ何となく気になってしまう、「ゴミ箱」という場の特殊性が強調されているとも言える。

関根は『鉄―オモチャの世界』（柏林書房、一九五五年）というルポルタージュで、日本の金属製玩具産業における、独占等の諸問題を追及している。同書末尾には、「脱出―エピローグ―」と題された戯曲風の文章が収録されている。ここには詩人と舞台係と三人の男、そして玩具工場で働く三人の少年が登場する。少年の一人は一度退場し、再登場する際に、背負った竹籠から壊れた玩具を取り出す。この姿は屑屋・屑拾いを連想させるが、玩具は、「生産につきもののオシャカの確率」、つまり工場で生まれる不良品だという。彼はそれらを「日本の子供に配給しましょうか」と提案するが、「課長」を名乗る男Bは、「スクラップとして直ちに回収業者に廻さなきゃならない」と却下する（同書八九頁）。つまり、不良品はいったんゴミとして自分たちの前から姿を消すべきものなのである。

前章で述べたが、ゴミの忌まわしさは、不要になったものが自分の生活圏や身体の内外の境界にあって、その境界を曖昧にすることに起因する。それだけでも我々にとっては不快なのに、「ゴミ箱の火事」のゴミたちは、元の場所を懐かしみ、持ち主を恨むような声をあげるのである（ゴミの呼ぶ声については、日比の解説も参照)。ゴミが中古品やリサイクル品としてではなく、ゴミのまま戻って来ることを、我々は無意識的に恐れている。また、だからこそ、我々は時折ゴミが気になり、ついつい目を向けてしまうのであろう。

恐るべきゴミ

文学の想像力は、さらに恐ろしいゴミの姿を描き出すことがある。

ゴミ自体の力とは異なるが、ゴミが登場人物による逆襲の強力な武器になることもある。先に触れた火野葦平の「糞尿譚」では、末尾で、屎尿を廃棄しようとした主人公彦太郎が、対立する「唐人川部落」の人々から作業を妨害される。市による屎尿汲み取り事業買収で大儲けをするあてが外れ、失意のどん底にあった彦太郎は、追い打ちをかけるような妨害工作に直面して理性を失い、突如周囲の度肝を抜く行動に出る。

> リヤカアの横にさしてあつた長い糞尿柄杓《こえびしゃく》を抜くと、彦太郎は啞然として見てゐる男達の中に、貴様たち、貴様たち、と連呼しながら、それを振りまはして躍りこんだ。(中略) 柄杓から飛び出す糞尿は敵を追ひ払ふとともに、彦太郎の頭上からも雨のごとく散乱した。自分の身体を塗りながら、ものともせず、彦太郎は次第に湧きあがつて来る勝利の気魄にうたれ、憑かれたるもの

のごとく、糞尿に濡れた唇を動かして絶叫した。

悪臭の不快感に加え、人間の身体であることをやめゴミとなったものが、頭上から大量に降り注ぐのである。敵を殺傷するわけではないが、戦意を喪失させるには十分な逆襲である。ほとんどの読者は、見たことも聞いたこともないような、おぞましい光景を想像し戦慄を覚えるだろう。ところが語り手は、狂気の沙汰に及んだ彦太郎を「あたかも一匹の黄金の鬼と化したごとく」と表現する。そして、その姿が夕陽を浴びて「燦然と光りかがやいた」と語って物語を終える。屎尿が降り注ぐ凄惨な現場を神聖な情景であるかのように表現する語りは、滑稽ではあるが、そこに稲垣足穂の「WC」と同様の美意識を読み取ることも可能である。

ゴミがゴミのまま我々のもとに戻って来るだけでなく、人間と融合するとしたら、どうだろうか。小松左京の『日本アパッチ族』（光文社、一九六四年）は、開高健の「日本三文オペラ」同様、戦後大阪の「アパッチ」たちを描いたSF小説である。この作品でも、「アパッチ族」たちは屑鉄を探し求めるのだが、存亡の危機に瀕した彼らは、何とその屑鉄を食べるようになり、信じられない力を手に入れ、革命を起こして日本を支配するに至る。一九二〇年代末の『戦旗』に「屑屋」を発表した詩人が夢見た、「人間の屑」による革命が、戦後のSFの世界で実現した形となっている。ここでも、排除したものたちへの怖れと、それらが境界を越えてこちらにやって来た時に起こる混乱と逆転の物語に、ゴミが大きく関わっている。

ゴミが突きつけるもの

探す者たちに夢を与えつつも、差別の要因となり、恐怖と魅惑も同時に引き寄せる文学作品の中のゴミが我々に教えてくれることを、廣津和郎の「浮浪者と野良犬」を例にとって、改めて考えてみたい。明示されてはいないが、作品の舞台は静岡県熱海市である。また素材については、『廣津和郎著作集』第五巻（東洋文化協会、一九五九年）の「あとがき」で、「材料は若い友人の福永令三くんから貰った」と明かされている。（同書三七二頁）。戦後の熱海は、経済の混乱と一九五〇年の大火を経た後、観光地・別荘地として見事に復活を遂げている。「浮浪者と野良犬」は、そのような戦後の熱海の観光業の復興の裏で人知れず繰り広げられていた、人間と犬との生存競争を描いている。廣津和郎は第二次大戦末期の一九四四年、空襲を避けて、東京の世田谷から温泉地の熱海に疎開しており、熱海の地理等は熟知していた。

ホームレスの市太郎は、旅館のゴミ箱に捨てられる残飯の存在を知って以来労働への意欲が著しく低下し、ほとんど収入がない状態ながら、残飯によって食事には困らない日々を送っていた。ごくまれにラーメンをするが、主に残飯を食べ、時折屑拾いのような「金物拾い」をする市太郎の生活は、貧困生活の物語が何らかの形でゴミと結びつきやすいことをよく示している。また、彼を見たラーメン屋の少女の「何かひるんだような」表情は、ゴミと接する生活を送る者に日頃向けられるまなざしを代表しているだろう。

この物語においてゴミは、市太郎の身体に取り込まれ、命をつなぐ大切な食料となっている。一方旅館の女中は、野良犬の「白耳」に残飯を与えることを楽しみとしているが、そのひと時を除けば、彼女にとってゴミは、むしろ早くなくなってほしいものであるはずだ。ちなみに彼女が「白耳」に与えるのは、ゴミ箱に入れる前の残飯である。屋外のゴミ箱に捨てられた残飯は、もはや旅館の所有物ではないが、収集されるまではそこに留まる、曖昧で厄介な中間物だ。そこにやって来て残飯を失敬する市太郎は、結果的にゴミを減らす役割を果たしているはずだが、彼と顔を合わせた女中は、「眉をしかめ」、「手荒に勝手口の木戸をぴしゃりと閉めて」しまう。「髪がもじゃもじゃ」で「髭ものばしっ放し」の風貌が主な原因だろうが、加えて、彼がゴミ箱の中をあさることが予想されることも重要だろう。女の嫌悪感は、曖昧な中間物を再び、しかもそのまま人間のもとに戻し、ゴミと人間との関係を攪乱することへの恐れと言い換えられないだろうか。そう考えれば、ここから、ゴミとゴミではないものとの境界、さらにはゴミとは何か、廃棄とは何か、という問題が浮上するだろう。

アメリカの都市計画家、ケヴィン・リンチは、『廃棄の文化誌　ゴミと資源のあいだ』（有岡孝・駒川義隆訳、工作舎、一九九四年）で、ゴミは有用か無用か、清浄か汚穢か、といった二元論的思考に基づいて廃棄と嫌悪の対象となり、その意味を付与されるのだと述べている。ただ、自宅や職場のゴミは気にしないのに、自分が管理できない場所のゴミにはしばしば戸惑いうんざりするように、ゴミに関する二元論的思考は絶対的なものではなく、矛盾を含み、可変的で、少しのことで動揺するものであるという。だからこそ、人は二元論の動揺による不安を防ぐべく、それを「鋭く硬直したもの」にしようとするのだと、リンチは主張する（同書三五頁）。確かに文学作品に描かれるゴミも、それを探し求める人々への賞賛と差別や、美醜などの二元論と結びつき、その二元論をしばしば動揺させ、不安をかきたてる。この不安には、人間と人間ではないものの関係についてのそれも含まれるだろう。そしてそれは、人間とは何かという、我々自身の本質に関する不安と言い換えてもよいだろう。二元論的思考の動揺、逆転、無化を描くことにより、それが「鋭く硬直した」ものであることに気づかせるのは、そもそも文学が得意とするところではないか。ゴミは、文学の力を再発見させるものでもある。

最後にもう一点指摘しておきたい。市太郎は物語前半で、残飯をめぐって、「白耳」と文字通り命を賭けた戦いを繰り広げる。管理が不十分なゴミ箱に廃棄された曖昧な存在としての残飯は、動物と人間が同じようにアクセスできるものとなっている。この場所で、市太郎は憎悪を込め、全力で「白耳」を排除して食事にありつこうとするのである。これは、立入禁止だが警備が行き届いているわけではない空き地同然の砲兵工廠跡に侵入し、埋蔵金をせしめるかのように古鉄を探して盗掘する、「日本三文オペラ」の「アパッチ」たちの姿とも重なる。やや大げさかもしれないが、ゴミをめぐる物語には、時として、抑圧を解かれた人間の欲求をより生々しく描き出してしまうという一面がありそうだ。

リンチは前掲書で、排泄を含む廃棄はモノを我々に従属させる行為であり、喜びを伴うものであるということも指摘している（同書五七頁〜六一頁）。ゴミに対してなりふり構わず欲望をむき出しにする市太郎や「アパッチ」たちの行動は、あるものがゴミとなる際に我々がぶつけた欲望と暴力がデフォルメされ、再現されたものかもしれない。我々の価値観や欲望、想像力のあり方の相対化を促すものが、我々が従属させ、支配欲を満足させたうえで不要と不快の烙印を押したものたちであるというのは、なかなか皮肉なことである。

ゴミが語られる作品を読むことには不快感が伴う。だが、不快感を自覚しつつも、我々は恐る恐る読み進め、想像の中でゴミに接近してみる方がよい。我々はゴミにまつわる物語を想像することで、原初的な喜びや欲望解放の記憶に触れ、自身も少しだけ陶酔することができるだろう。また時には、日常生活で明視しないような人間の原初的な喜びや欲望に驚き、恐れるという〈感動〉も覚えることができるだろう。

【註】

（1）山本博文『明治の金勘定』洋泉社、二〇一七年、一九〇頁。
（2）村上助三郎『東京闇黒記』興文館、一九一二年、二三〇頁。

（3）このほかに、田木繁「搾り殺すためには搾り殺す稽古」、女良鉄義「夜にゐりて進め」、野田亀良「酷熱の下に」、河野健二「掘らう」が掲載された。
（4）本解説における「糞尿譚」本文の引用は、全て『文芸春秋』第一六巻第四号、一九三八年三月に拠る。
（5）日中戦争開戦前には既に、「屑鉄の市価奔騰す」（『東京朝日新聞』一九三七年二月二三日、朝刊）といった新聞記事を見出すことができる。
（6）当時の新聞でも彼らの存在は報じられた。例えば「警官〝アパッチ〟を撃つ」（『朝日新聞』一九五九年五月三一日、大阪版、朝刊）などの記事を見出すことができる。
（7）この点については、既に江島宏隆が「アニェス・ヴァルダ『落穂拾い』と幸田露伴「ウッチャリ拾ひ」」（『奥羽大学文学部紀要』第一八号、二〇〇六年一二月、一頁～一二頁）で指摘している。
（8）ちなみに、呉秀三・樫田五郎『精神病者私宅監置ノ実況及ビ其統計的視察　附民間療方ノ実況等』（呉秀三ほか、一九二〇年、九一頁～九三頁）によれば、千葉県中山村（現市川市）の法華経寺では、古くから精神に障がいを持つ人々が家族らと共に同寺を訪れ、回復を祈願して祈祷の合宿を行う風習があったという。「悪道路」では、そのような風習への偏見と差別意識も関与している可能性がある。
（9）獺祭書屋主人「俳諧反故籠」『ほとゝぎす』第三号、一八九七年三月。
（10）鷲田清一『ちぐはぐな身体――ファッションって何？』筑摩書房、一九九五年、一二三頁～一二四頁。
（11）『東京朝日新聞』一九二二年一二月二四日、夕刊。
（12）高木彬は「稲垣足穂と新感覚派――「WC」から「タッチとダッシュ」へ――」（『横光利一研究』第一二号、二〇一四年三月、六七頁～八五頁）において、「WC」で多用される隠喩が、大便を質感と運動感という特定の感覚に還元し、不快感を捨象していると指摘する。
（13）「街の声」『読売新聞』一九五七年九月四日、朝刊。
（14）『読売新聞』一九五三年三月二六日、夕刊。
（15）『読売新聞』一九五四年七月二六日、朝刊。

参考文献

安藤優一「日野啓三論――『夢の島』にみる戦後」『日本文学文化』一二号、二〇一二年、七三～八五頁

稲葉茂勝『シリーズ「ゴミと人類」2』あすなろ書房、二〇一六年

稲村光郎『ごみと日本人――衛生・倹約・リサイクルからみる近代史』ミネルヴァ書房、二〇一五年

江島宏隆「アニェス・ヴァルダ『落穂拾い』と幸田露伴「ウッチャリ拾ひ」」『奥羽大学文学部紀要』第一八号、二〇〇六年、一～一二頁

NPO日本下水文化研究会屎尿研究分科会編『トイレ考・屎尿考』技報堂出版、二〇〇三年

岸恵美子「いわゆる「ごみ屋敷」の実態とその背景に潜むもの」『廃棄物資源循環学会誌』二八巻三号、二〇一七年、一九四～一九九頁

楠本正康『こやしと便所の生活史――自然とのかかわりで生きてきた日本民族』ドメス出版、一九八一年

クリステヴァ、ジュリア『恐怖の権力――「アブジェクシオン」試論』枝川昌雄訳、法政大学出版局、一九八四年［原著・一九八〇年］

瀬戸山玄『東京ゴミ袋』文藝春秋、一九八八年

高木彬「稲垣足穂と新感覚派――「WC」から「タッチとダッシュ」へ」『横光利一研究』一二号、二〇一四年、六七～八五頁

ダグラス、メアリ『汚穢と禁忌』塚本利明訳、筑摩書房、二〇〇九年［原著・一九六六年］

デリダ、ジャック『マルクスの亡霊たち――負債状況＝国家・喪の作業・新しいインターナショナル』増田一夫訳、藤原書店、二〇〇七年［原著・一九九三年］

ド・シルギー、カトリーヌ『人間とごみ――ごみをめぐる歴史と文化、ヨーロッパの経験に学ぶ』久松健一編訳、ルソー麻衣子訳、新評論、一九九九年〔原著・一九九六年〕
野口存彌「川路柳虹・少年詩人(三)――最初の口語自由詩を書くまで」『武蔵野女子大学文学部紀要』四号、二〇〇三年、四一～四九頁
廃棄物学会編『ごみ読本』中央法規出版、一九九五年
廃棄物学会ごみ文化研究部会、日本下水文化研究会屎尿・下水研究分科会 編『ごみの文化・屎尿の文化』技報堂出版、二〇〇六年
バウマン、ジグムント『廃棄された生――モダニティとその追放者』昭和堂、中島道男訳、昭和堂、二〇〇七年〔原著・二〇〇四年〕
芳賀浩一『ポスト〈3・11〉小説論――遅い暴力に抗する人新世の思想』水声社、二〇一八年
林望『古今黄金譚 古典の中の糞尿物語』平凡社、一九九九年
フロイト、ジグムント「不気味なもの」『フロイト全集 17』藤野寛訳、岩波書店、二〇〇六年〔原著・一九八六年〕
Bennett, Jane. *Vibrant matter*. Duke University Press, 2010.
増田周子「開高健『日本三文オペラ』論――在日朝鮮人キムの役割の重要性」『関西大学東西学術研究所紀要』五三巻、二〇二〇年、五五～七二頁
溝入茂『明治日本のごみ対策――汚物掃除法はどのようにして成立したか』リサイクル文化社、二〇〇七年
村田裕和「岡本潤の戦中・戦後――『襤褸の旗』の頃」『論究日本文學』第九六号、二〇一二年、八三～

九七頁
山崎達雄『ごみとトイレの近代誌 絵葉書と新聞広告から読み解く』彩流社、二〇一六年
山田稔『スカトロジア（糞尿譚）』未来社、一九六六年
山本博文『明治の金勘定』洋泉社、二〇一七年
ケヴィン・リンチ『廃棄の文化誌――ゴミと資源のあいだ』有岡孝・駒川義隆訳、工作舎、一九九四年〔原著・一九九〇年〕
和気静一郎『ゴミと人間』技術と人間、一九九七年
鷲田清一『ちぐはぐな身体――ファッションって何？』筑摩書房、一九九五年

著者紹介

川路柳虹（かわじ・りゅうこう） 一八八八年～一九五九年

本名は誠。教育家の川路寛堂の長男として東京府芝区三田で生まれる。幕末の外国奉行・川路聖謨は曽祖父。洲本中学時代から雑誌に文芸作品を投稿、一九〇七年河井酔茗主宰の詩草社に参加、詩誌『詩人』同人。同誌に日本初の口語自由詩とされる「塵溜」を発表、一〇年に刊行した第一詩集『路傍の花』も合わせて口語自由詩の先駆者として評価される。一四年三木露風主宰の『未来』を経て、曙光詩社を創立。五八年日本芸術院賞を受賞。美術評論でも活躍した。他の詩集に『かなたの空』『歩む人』など。

幸田露伴（こうだ・ろはん） 一八六七年～一九四七年

本名は成行。別号に蝸牛庵。江戸・下谷生まれ。妹の延と安藤幸は音楽家、弟の成友は歴史学者。漢籍や江戸文学に親しみ、一八八九年「露団々」で作家デビュー。『風流仏』『五重塔』などの小説で文壇での地位を確立、尾崎紅葉と並び称され〝紅露時代〟と呼ばれる。博学で知られ、日露戦争以後は史伝や随筆・考証に重心を移し、「芭蕉七部集」の評釈をライフワークとした。一九〇八～〇九年京都帝国大学文科大学講師。一一年文学博士の学位を受ける。三七年第一回文化勲章を受章。他の著書に『運命』『幻談』『連環記』など。長女の文は作家、孫の青木玉、曽孫の青木奈緒は随筆家として立ち、四代にわたる文筆家の家となった。

田山花袋（たやま・かたい） 一八七一年～一九三〇年

本名は録弥。栃木県館林町（現・群馬県館林市）で生まれる。尾崎紅葉や江見水蔭の知遇を得、一八九一年「瓜畑」で硯友社系の作家として出発。九九年博文館に入社、やがて小説『重右衛門の最後』、評論「露骨なる描写」などで文壇での地位を築き、作者の主観を加えずにありのまま描く〝平面描写〟を主張。一九〇七年には女弟子への恋慕の情を赤裸々に告白した「蒲団」を発表、島崎藤村とともに自然主義文学の代表的作家と目される。この間、〇六年より文芸誌『文章世界』主筆を務め、同誌を拠点に自然主義文学を推進した。回想『東京の三十年』、紀行『南船北馬』など随筆やルポルタージュにも優れる。

稲垣足穂（いながき・たるほ）一九〇〇年〜一九七七年
大阪市で生まれ、兵庫県明石で育つ。関西学院中学部卒。少年時代から飛行機に憧れ、飛行家を志した。上京して佐藤春夫に入門、一九二三年処女小品集『一千一秒物語』を出版。天体や科学文明の利器をモチーフとした独自の美学に溢れた幻想的な作品で注目を集めるが、その後文壇から遠ざかる。戦後は同人誌『作家』に拠り、六九年に『少年愛の美学』で第一回日本文学大賞を受賞した頃から再評価の気運が高まり、タルホブームがおこった。代表作に『天体嗜好症』『弥勒』『ヰタ・マキニカリス』、随筆『少年愛の美学』など。

和木清三郎（わき・せいざぶろう）一八九六年〜一九七〇年
本名は脇恩三。我が国の缶詰製造の先駆者である脇隆景の三男。慶應義塾大学国文科に学び、慶應の先輩である経済学者・小泉信三と作家・水上滝太郎の知遇を得る。在学中の一九二一年『三田文学』に発表した「江頭校長の辞職」で作家デビュー、その後「結婚愛」「みごもれる妻」などを執筆。二八年水上の庇護のもと『三田文学』の編集担当者に就任すると創作から遠ざかるが、四四年に退任するまで同誌の興隆に大きく貢献した。戦後は和木書店として出版業を始め、五一年には小泉を看板に雑誌『新文明』を創刊した。

中西悟堂（なかにし・ごどう）一八九五年〜一九八四年
本名は富嗣。生地は石川県金沢と伝わるが不明。生後まもなく父を亡くし、母も実家に戻され伯父の養子となる。一九一一年天台宗の深大寺で得度、悟堂は法名。文学に傾倒し、一六年中西赤吉名義で第一歌集『唱名』、二二年中西悟堂名義で第一詩集『東京市』を出版。昭和初期から野鳥の生態観察に没頭、三四年日本野鳥の会を創立し、三五年には『野鳥と共に』がベストセラーとなるなど〝野鳥〟という言葉を定着させた。鳥類保護活動に挺身しながら文筆活動を続け、五六年『野鳥と生きて』で日本エッセイスト・クラブ賞を受賞。七七年文化功労者。代表作に『定本野鳥記』（全十六巻）など。

KMS

一九二九年雑誌『戦旗』二巻四号に詩「屑屋」を寄せている以外、詳細不明。

夢野久作（ゆめの・きゅうさく） 一八八九年〜一九三六年

本名は杉山泰道。政界の黒幕といわれた杉山茂丸の長男として福岡市で生まれる。一九一三年慶應義塾を中退、福岡で農業を営む。一五年東京で出家して名前を直樹から泰道に改めるが、一七年還俗。一八年杉山萠圓の筆名で最初の著書『外人の見たる日本及日本青年』を出版。二六年より福岡の方言で夢想家という意味の〝夢野久作〟の名義を用い、主に怪奇・幻想色にあふれた小説を執筆。三五年大作『ドグラ・マグラ』を発表したが、三六年脳溢血で急逝。インドで緑化活動に取り組んだ杉山龍丸は長男、詩人の杉山参緑は三男。

埴原一亟（はにはら・いちじょう） 一九〇七年〜一九七九年

山梨県で生まれ、五歳頃に一家で上京。郁文館中学を卒業後、銀座松屋に勤める。一九三一年退職して早稲田大学露文科に進むが、一年足らずで退学。同年第一小説集『蒼白きインテリ』、三二年第二小説集『デパートの一隅』を出版した。三六年東京・東長崎駅前に古本屋「一千社」を開業。四〇年「店員」

で第十二回、四一年「下職人」で第十三回、四二年「翌檜」で第十六回芥川賞候補。四五年五月樺太に渡り、四八年十月引き揚げ。その後、同人雑誌『文学無限』『文芸復興』に拠った。忘れられた作家だったが、二〇一七年夏葉社から刊行された『埴原一亟　古本小説集』（山本善行撰）をきっかけに注目を集める。

永井荷風（ながい・かふう） 一八七九年〜一九五九年

本名は壮吉。官僚で漢詩人でもあった永井久一郎の長男として東京市小石川区で生まれる。官立高等商業学校附属外国語学校（現在の東京外国語大学）清語科中退。広津柳浪に師事し、小説『地獄の花』やフランスの作家ゾラの翻訳『女優ナナ』などで文名をあげる。欧米に五年間滞在して帰朝すると『あめりか物語』『ふらんす物語』などを刊行して〝耽美派〟を代表する作家と目される一方、慶應義塾大学教授となり『三田文学』を編集。その後、江戸趣味に傾倒し、花柳界など題材に『腕くらべ』『おかめ笹』『濹東《ぼくとう》綺譚《きたん》』などを執筆した。大正期から死の前日まで書き綴った日記『断腸亭日乗』でも名高い。一九五二年、文化勲章を受章。

岡本潤（おかもと・じゅん） 一九〇一年〜一九七八年

本名は保太郎。埼玉県で生まれ、京都で育つ。一九二〇年上京して中央大学・東洋大学に学ぶが中退。この頃からアナキズムに傾倒、二三年萩原恭次郎、壺井繁治らと詩誌『赤と黒』を創刊して注目を集める。その後『ダムダム』『文芸解放』などに拠り、二八年第一詩集『夜から朝へ』を刊行。三三年第二詩集『罰当りは生きてゐる』を出すが発禁・押収となった。三十五年無政府共産党事件で検挙される（翌年釈放）。戦中は映画の脚本を書く。四七年アナキズムからマルキシズムに転向して日本共産党に入党したが、六一年除名された。『岡本潤全詩集』、自伝『詩人の運命』がある。

広津和郎（ひろつ・かずお）一八九一年〜一九六八年

作家・広津柳浪の二男として東京市牛込区矢来町（現在の新潮社敷地内）で生まれる。早大在学中に葛西善蔵らと同人雑誌『奇蹟』を創刊。卒業後は文芸評論家となったが、一九一七年『中央公論』に「神経病時代」を発表して作家デビュー。戦後はカミュ『異邦人』を巡る中村光夫との論争など多くの文学論争に関わり、戦後最大の冤罪事件といわれる松川事件では事件と正面から向き合って被告側を支援、評論『松川裁判』などを著す。「みだりに悲観もせず、楽観もせず」という〝散文精神〟を信条とした。回想録『年月のあしおと（正続）』もある。四九年日本文芸家協会会長、同年日本芸術院会員。長女は作家の広津桃子。

関根弘（せきね・ひろし）一九二〇年〜一九九四年

東京・浅草生まれ。少年時代から文学に親しみ、小学校を卒業後は町工場を経て業界紙記者。軍事工業新聞記者として内地で敗戦を迎える。傍ら、花田清輝らと交友を持ち詩作を続け、戦後は綜合文化協会設立に参画して機関誌『綜合文化』の編集を担当。同じ頃共産党に入党（一九六一年除名）。また思想の科学研究会にも加わった。五〇年第一詩集『沙漠の木』を出す。詩誌『列島』『現代詩』を主導、五四年には野間宏と〝狼論争〟を展開。ラジオ東京では「日本のアウトサイダー」というラジオの録音構成の仕事も手がけた。他の詩集に『絵の宿題』『水先案内人の眼』、半自伝『針の穴とラクダの夢』など。

中村文則（なかむら・ふみのり）一九七七年〜

愛知県生まれ。二〇〇二年「銃」で新潮新人賞を受けて作家デビューし、同作は第百二十八回芥川賞候補となる。〇四年『遮光』で野間文芸新人賞、〇五年「土の中の子供」で第百三十三回芥川賞を受賞。『掏摸（スリ）』は一〇年に大江健三郎賞を受けた他、一二年に英訳版『THE THIEF』が米紙ウォール・

ストリート・ジャーナルで同年のベスト一〇小説に選ばれるなど、アメリカでも話題に。作品は十五ケ国語に翻訳されている。

津島佑子（つしま・ゆうこ） 一九四七年〜二〇一六年
本名は里子。作家・太宰治と母・美知子の二女として東京都三鷹町（現・三鷹市）で生まれるが、一歳の時に父は愛人と心中。白百合女子大学在学中から小説を書き始め、四年生の一九六九年、津島佑子の筆名で『三田文学』に小説「レクイエム」を発表。七二年「狐を孕む」で初の芥川賞候補となる（候補三回）。七五年『葎の母』で田村俊子賞を受けたのを皮切りに、泉鏡花文学賞、野間文芸新人賞、川端康成文学賞、読売文学賞小説賞、谷崎潤一郎賞、芸術選奨文部科学大臣賞など十以上の文学賞を受賞した。長女は劇作家の石原燃で、二〇二〇年処女小説「赤い砂を蹴る」が芥川賞候補となった。作家・太田治子は異母妹。

初出一覧

川路柳虹	「塵溜」	「詩人」第四号	一九〇七年九月
幸田露伴	「ウッチャリ拾い」	「中央公論」第二十一年三号	一九〇六年三月
田山花袋	「女の髪」	「早稲田文学」八十号	一九一二年七月
和木清三郎	「屑屋」	「三田文学」十四巻六号	一九二三年六月
稲垣足穂	「WC」	「文藝時代」二巻一号	一九二五年一月
中西悟堂	「虐殺されし首都」	『武蔵野』	一九二五年七月
KMS	「屑屋」	「戦旗」二巻四号	一九二九年三月
夢野久作	「塵」	「新潮」三十巻三号	一九三三年三月
埴原一亟	「塵埃」	「早稲田文学」七巻三号	一九四〇年三月
永井荷風	「掘割の散歩」	『来訪者』筑摩書房	一九四六年九月
岡本潤	「消える焦土」	『襤褸の旗』	一九四七年一月
廣津和郎	「浮浪者と野良犬」	「小説新潮」第十巻十一号	一九五六年八月
関根弘	「ゴミ箱の火事」	『死んだ鼠』	一九五七年十二月
中村文則	「ゴミ屋敷」	「文學界」	二〇〇八年二月
津島佑子	「半滅期を祝って」	「群像」	二〇一六年三月

※初出雑誌が不明のものは、初出単行本を記載。

・本書は、原則として右記の初出雑誌、初出単行本を底本としました。
・以下の作品については、以下の文庫本を底本としました。
中村文則「ゴミ屋敷」（『世界の果て』二〇一七年、文春文庫）
・誤字脱字については、単行本を参照して校訂を行いました。
・詩歌は新漢字旧仮名表記に、小説は新漢字新仮名表記としました。各作品とも、難読語にふりがなを加えました。
・本文中、今日では差別表現になりかねない表記がありますが、作品が書かれた時代背景、文学性と芸術性などを考慮し、底本のままといたしました。
本文中、一部に著作権継承者が確認できない作品があります。お心当りの方は弊社編集部までご連絡下さい。

熊谷昭宏（くまがい・あきひろ）
愛知県豊橋市出身。同志社大学大学院文学研究科満期退学。博士（国文学）。同志社大学等非常勤講師。日本近現代文学、特に紀行文学（明治期）、山岳文学などが専門。共著に鈴木康史編『冒険と探検の近代日本―物語・メディア・再生産』（せりか書房、2019年）、京都と文学研究会編『ものがたりたちの京都　京都文学入門』（武蔵野書院、2019年）など。論文（単著）に「小説「作法」が紀行文を変える時―田山花袋の紀行文の変化について―」（『解釈』第59巻第1・2号、2013年2月）など。

日比嘉高（ひび・よしたか）
名古屋市出身。筑波大学大学院文芸・言語研究科修了。博士（文学）。名古屋大学大学院人文学研究科教授。近現代日本文学・文化、移民文学、出版文化が専門。近著に『疫病と日本文学』（編著、三弥井書店、2021年）、『プライヴァシーの誕生』（新曜社、2020）、『図書館情調』（編著、皓星社、2017）、『文学の歴史をどう書き直すのか』（笠間書院、2016）、『ジャパニーズ・アメリカ』（新曜社、2014）ほか。

シリーズ 紙礫《かみつぶて》 15　ゴミ探訪《たんぼう》　Waste

2021年12月15日　初版第1刷発行

編　者　熊谷昭宏／日比嘉高
発行所　株式会社 **皓星社**
発行者　晴山生菜
〒101-0051 東京都千代田区神田神保町 3-10
電話：03-6272-9330　FAX：03-6272-9921
URL http://www.libro-koseisha.co.jp/
E-mail：book-order@libro-koseisha.co.jp
郵便振替　00130-6-24639

装幀　藤巻 亮一
印刷　製本　精文堂印刷株式会社

ISBN 978-4-7744-0754-8 C0095